目次

contents

保健の先生がこんなにエッチでいいの？

第一章　美人教師の破廉恥な秘密

1

（あぁ、亜矢香《あやか》ちゃん……かわいいなぁ）

授業中にもかかわらず、里村皓太《さとむらこうた》は斜め前の席に座る美少女にうっとりした眼差《まなざ》しを向けた。

癖のないセミロングの黒髪、アーモンド形の目に小さな鼻、桜桃を思わせるふっくらした唇。トップアイドルに勝るとも劣らぬ容貌に、胸のときめきを抑えられない。

（スタイルもいいんだよな。あの白いうなじや、ちょこんとした胸の膨らみもたまらないよ）

容姿端麗で頭脳明晰《めいせき》、所属するテニス部でも花形レギュラーの坂口《さかぐち》亜矢香は、盟華《めいか》学院中等部のマドンナといっても過言ではないだろう。

一年のときから憧れつづけ、二年で同じクラスになったときはあまりの喜びに飛び跳ねたものだ。

恋する想いは日増しに募ったが、告白する度胸は持てぬまま、あっという間に二学期へ突入してしまった。

(つき合えたら最高なんだけど、勉強もスポーツもルックスも敵《かな》わないし……やっぱり、釣り合いが取れないよな)

異性にモテない童貞少年の恋心は、この春に精通を迎えてから歪んだかたちで発露した。

裸体や肌の感触、恥部の匂いを妄想するだけならまだしも、美少女の部活中の姿をスマートフォンで盗み撮りと、犯罪行為にまで手を染めてしまったのである。

淫猥な光景が次から次へと頭に浮かび、股間の逸物が重みを増していく。

皓太は学生ズボンの尻ポケットからスマホを取りだし、写真アプリをタップした。

教師の様子を上目遣いに探りつつ、亜矢香の画像をじっと見つめる。

テニスコート脇の樹木の陰から盗撮した写真は、彼女の愛くるしい容姿を余すことなく映しだしていた。

細い首筋にうっすら浮かんだ汗、熱く息づく胸の膨らみ、スコートの裾から伸びたむちっとした太腿。腰の位置が高く、すらりとした足に感嘆の溜め息を洩らす。

今度は授業を受ける亜矢香と写真を交互に見やり、想像力を目いっぱい働かせた。

制服に続いて下着を脱ぎ捨てた彼女がゆっくり近づくも、バストと股間は霧がかかってよくわからない。

それでも牡の肉は節操なく膨張し、痛みを覚えるほど突っ張った。

火のついた情欲はとどまることを知らずに上昇し、頭に血が昇る。

(あ……やべっ)

慌ててスマホをズボンの尻ポケットに戻した直後、鼻の奥から熱い雫《しずく》がツツッと滴り落ち、机の上の教科書が鮮血に染まった。

「あ、あ、あ……」

クラスメートが何事かと振り向くなか、意識が朦朧《もうろう》としだす。

亜矢香の心配げな顔を視界の隅にとらえたあと、皓太は鼻を手で押さえながら机に突っ伏した。

2

「う、うぅん」

どれほどの時間、気を失っていたのか。

目をうっすら開けると、白い天井とクリーム色のカーテンが目に入った。

右の鼻の穴にはコットンが詰められており、授業中に鼻血を出してしまったことを思いだす。

（そ、そうだ……俺、亜矢香ちゃんの写真を見て、昂奮しちゃったんだ。あぁ、なんてこった……恥ずかしい）

クラスメートに保健室まで運ばれた記憶が、ぼんやり甦《よみがえ》った。

好きな女の子の前で失態を演じてしまい、穴があったら入りたい心境に駆られる。

（だいたい、このチ×ポがいけないんだよ！）

皓太は口元を歪め、股間を恨めしげに見下ろした。

一年のときは性的な興味は皆無に等しかったのに、二年に進級してからは獣じみた欲望に翻弄される日々を過ごしている。

ただ道を歩いているだけでも性欲のスイッチが入ってしまい、パンツの裏地にこすれたペニスが自分の意思とは無関係に勃起してしまうのだ。

一度の自慰行為だけでは満足できず、続けざまに二回三回と放出したこともあり、最初は病気なのではないかと本気で悩んだ。

当然のことながら勉強に集中できず、下降線をたどるテストの結果を見ては何度頭を掻きむしったことか。

偏差値の高い盟華は優秀な生徒が多く、少しでも油断をすれば、成績順位は大幅に下がる。しかも皓太の場合、医院を経営する父の跡を継ぐ宿命を背負わされており、盟華学院大学の医学部に無試験で進学するには、高等部で一、二位の成績をあげていなければいけないのだ。

クラスの中でも下から数えたほうが早い順位では、高等部への進学すら危い。今の皓太は現実逃避とばかりに、大きなストレスをオナニーで発散している情けない状況だった。

(こんなバカなことしてる場合じゃないんだよな……これからは、勉強をもっとがんばらないと)

決意を秘めた瞬間、カーテンの向こうから椅子の軋《きし》む音が聞こえてきた。

（あ、そういえば……）

保健室で休んでいるということは、介護してくれたのは冴木美咲《さえきみさき》ではないか。

彼女は今春から盟華学院中等部に赴任してきた保健教諭で、カウンセラー役も担う美しい女性だ。

年齢は二十六歳、セミショートの髪型、猫のような目、スッと通った鼻梁に薄くも厚くもない唇はクールな印象を与えたが、実際の彼女は人当たりも面倒見もいい。

男子はもちろん、女子からの人気も高い教師で、亜矢香とは真逆の魅力を発する大人の女性だ。

（美咲先生か……美人だよな）

白衣の前合わせから覗くふっくらしたバスト、タイトスカートの裾から伸びた美脚を思いだしただけで胸がドキドキしてしまう。

勉強集中の覚悟はどこへやら、性的な好奇心が頭をもたげ、皓太は舌舐めずりしながらカーテンに手を伸ばした。

「あ……ンっ」

艶っぽい声が耳朶を打ち、ハッとして手を引っこめる。

（え、今の喘ぎ声……なんだ？　まさか、いや、聞き違いだよな）

音を立てぬように身を起こした皓太は、ベッドサイドの縁に腰かけ、再びカーテンの合わせ目に指を伸ばした。

一センチほど開け、隙間に目を寄せれば、事務机に向かう美咲の姿を捉える。

彼女は皓太のいる場所から真横に見る位置におり、ツルツルした長い生足に心臓がドキリとした。

(美咲先生……やっぱり、きれいだな。初体験の相手は、お姉さんタイプのほうがいいのかも)

経験がなければ、バージンの女の子をリードできるとは思えない。まずは大人の女性に童貞を捧げ、女の身体を一から教えてもらうのがベストなのではないか。

とはいえ、同級生の亜矢香にも自分の気持ちを告げられないのだから、ひとまわりも年上の異性と性的な接点を持つのは夢のまた夢だ。

(そもそも、美咲先生が俺みたいな子供を相手にするわけないか……ん?)

美麗な教師が椅子の背にもたれ、形のいい顎をクンと突きあげる。双眸《そうぼう》を閉じ、舌先で唇をなぞる仕草に、男心が理屈抜きで惹き寄せられた。

(な、何やってんだ?)

下腹部は回転椅子の肘掛けに隠れており、はっきりわからない。目を凝らすと、美咲は右手を下ろしており、細い肩が怪しげな動きを繰り返していた。

(ま、まさか!?)

女性教師が職務中に、生徒のいるそばで自慰行為に耽《ふけ》ることなどあるのだろうか。

(先生は大人だし、もしかすると、俺と同じく性欲を抑えられないのかも)

身を乗りだし直後、椅子がこちら側にやや回転し、肉づきのいい右太腿がクンと持ちあがった。

黒いタイトスカートはすでに捲れており、量感をたっぷりたたえた太腿が目を射抜く。股の付け根に忍ばせた右手が上下にスライドすると、心臓が張り裂けんばかりに高鳴った。

(や、やっぱり! 先生、オナニーしてるんだ!!)

ショーツは脱いでいるのか、女性のあそこはどうなっているのか。

性的な好奇心が夏空の雲のように広がり、獰猛《どうもう》な情欲を抑えられない。

皓太は条件反射とばかりに尻ポケットからスマホを取りだし、カメラのレンズをカーテンの隙間に向けた。

動画モードのボタンをタップし、女性教師の自慰行為を隠し撮りする。

(すごい、すごいぞ! こんなシーンが見られるなんて!!)

大量の血液が海綿体に集中し、心がウキウキと弾んだ。

肝心な箇所こそ見えないとはいえ、亜矢香のテニスウェア姿に続く、貴重なお宝映像だ。

できることなら間近で撮影したかったが、盗撮という背徳的な行為がさらなる昂奮を喚起させ、ペニスがズボンの中で小躍りする。

モヤモヤした気持ちが脳裏を占め、射精願望が急角度の上昇カーブを描いた。

(ああ、やりたい……出したい……先生とエッチしたい)

この場で飛びだし、土下座でお願いしたら、憐憫《れんびん》の情から受けいれてくれるのではないか。

都合のいい考えに衝き動かされるも、行動に移す度胸は微塵もない。

今の自分は、一分一秒でも早くトイレに駆けこみ、手に入れた盗撮映像で牡の証《あかし》を心ゆくまで放出することしかできないのだ。

(はあっ……チ×チンがムズムズする)

拳で滾《たぎ》る股間を押さえたとたん、美咲の右手が忙《せわ》しなくスライドし、やがてピクリとも動かなくなった。

「は……ふうっ」

湿った吐息、虚空《こくう》をさまよう視線、濡れた唇があまりにも悩ましく、鼓動がいちだんと跳ねあがる。

(もしかして……イッたのか?)

生唾を飲みこんだ皓太は、目をこれ以上ないというほど見開いた。

なんと彼女の手にはボールペンが握られており、丸みを帯びたキャップの先端部分がてらてらと濡れ輝いていたのである。

(ぺ、ペンを使ってオナニーしてたんだ!)

おそらく、ショーツは脇にずらして自慰に耽っていたのではないか。

鼻の穴から荒い息を吐きだしたところで、美咲は何事もなかったかのように衣服の乱れを整える。そして椅子から立ちあがり、熱っぽい視線をこちらに向けた。

(や、やべっ!)

寝たふりを決めこもうと身体を反転させたものの、焦りから手足が思いどおりに動かない。

(そ、そうだ、スマホを隠さないと!)

足音が近づくや、汗で手がすべり、スマホをベッドの上に落としてしまう。

直後にカーテンが開けられ、一瞬にして顔から血の気が引いた。

「あ、あ……」

怖くて振り向けず、凄まじい恐怖に心臓が萎縮する。

皓太はベッドに片膝をついたまま、金縛りにあったように動けなかった。

3

(き、気づかれた？　どうしよう)

本来なら、不埒《ふらち》な行為に耽っていた美咲のほうが悪いのだが、あまりの動揺に正常な判断能力を失う。

肩を小さく震わせた瞬間、艶っぽいハスキーボイスが鼓膜を揺らした。

「やだ……起きてたのね？」

「あ、あの……あっ」

白い手が真横からヌッと伸び、スマホを拾いあげる。とたんに背筋が凍りつき、思考回路が完全にショートした。

(やばい、やばい、やばいぞっ！)

今しがた撮影した映像はもちろんのこと、亜矢香の盗撮画像を見られたら大問題になる。横目で恐るおそる様子を探れば、美咲は画面をじっと見つめ、なぜか冷ややかな笑みを浮かべた。

「うちの学校は、スマホ所持を禁止してるはずだけど」

「そ、それは、つまり、あの……」

「いやだわ、私の姿をこっそり撮影してたのね」

「あ、あ……」

美人教師は画面を何度もタップし、今度は険しい顔つきに変わる。

「あら、この子……二年B組の坂口さんじゃない」

「あ、あぁ」

ついに盗撮画像まで発見され、頭の中が真っ白になった。

誰もが納得できる申し開きをしなければ、親に報告され、大きな雷を落とされることになる。

あらゆる言い訳が脳裏を駆け巡るも、考えがまとまらず、皓太はただ口をパクパクさせるばかりだった。

「この画像、ちゃんと本人の許可を取ってるの？」

「……え？」

「本人の許可を取ってるのかって、聞いてるの」

「あ、いや、その、なんというか、つまり……」

即座にそうだと答えればいいものを、ひたすらどもる様子から盗み撮りだと気づいたようだ。

美咲は小さな溜め息をついたあと、やけに穏やかな口調でたしなめた。

「はぁ……仕方ない子ね」

「ご、ごめんなさい」

喉の奥から謝罪の言葉を絞りだしたところで、多少なりとも落ち着きを取り戻す。

元来はとても優しい性格の女性で、彼女の態度から推察すれば、決して激高しているとは思えない。

皓太はベッドに這いのぼり、正座の状態から頭を垂れた。

「あなたのしてることは、りっぱな犯罪なのよ」

「す、すみません!」

「まあ、いいわ……今回は見逃してあげる」

「え?」

ここでようやく顔を上げ、まじまじと見つめれば、美女は肩を竦《すく》めてから小さな声で呟いた。

「私も恥ずかしい姿、見られちゃったわけだし……」

「……あ」

聖職者として倫理に外れた行為をしていたのだから、彼女にも落ち度は十分にあるのだ。その事実にようやく気づき、正常な思考が徐々に働きだす。

（そうだ……先生だって、オナニーしてたことは誰にも知られたくないはずだ。絶体絶命のピンチだと思ったけど、なんとか切り抜けられるかも）

ホッとしたのも束の間、美咲が再び画面をタップしだすと、皓太の顔はみるみる曇っていった。

「あの、な、何を……」

「いかがわしい動画や画像を削除してるのよ」

当然のことながら、撮影したばかりのオナニー動画はバックアップしていない。もう一度目に焼きつけておきたかったのだが、勝手に削除されても文句の言えない立場なのだ。

肩を落とした直後、スマホを返され、皓太は泣きそうな顔で唇を噛んだ。

「他の先生に見つかったら、没収されちゃうわ。気をつけないと」

「……はい」

「君は……里村皓太くんね」

「え、な、なんで、ぼくの名前を……」

カウンセリングを受けたことはなく、保健の授業は月に一度しかない。全校生徒四百人の名前を把握しているとは思えず、皓太は首を傾げた。

「私の仕事は、生徒たちの健康を守ることよ。持病はないか、精神的にストレスを受ける環境にないか、あなたの身上書も目を通したの」

「そ、そうだったんですか」

教育熱心さに驚く一方、いたたまれない気持ちは収まらず、一刻も早くこの場から立ち去りたい。

スマホを尻ポケットに戻した皓太は床に足を下ろし、鼻に詰まったコットンを引き抜いた。

「鼻血は止まったみたいね」

「はい……もう……大丈夫です」

傍らに置かれたゴミ箱にコットンを捨てるや、美咲が前に立ちはだかり、黒いタイトスカートがいやでも目に入る。

彼女はつい数分前、自慰行為で快楽に耽っていたのだ。

布地の下から甘酸っぱい匂いがふわんと漂い、鼻腔から大脳皮質まで光の速さで伝達する。股間がズキンとひりつき、胸の奥が甘く締めつけられた。

「授業が終わるまで、まだ十分ほどあるわ」

「……え？」

「簡単なカウンセリングをしたいんだけど、いいかしら？」

「あ、あの……」

困惑げにたじろぐなか、美咲は真剣な表情から目をスッと細める。そしてとなりに腰を下ろし、ズバリと言い当てた。

「勉強、集中できてないんじゃない？」

「あ、ど、どうして……わかるんですか？」

「男の子は、みんな同じだもの。もちろん個人差はあるけど、性の芽生えは中学二年から。心と身体のバランスが取れずに、いちばん情緒不安定になる時期なのよ。理由もなく、ずっとモヤモヤしてるんじゃない？」

「は、はい、そうです……病気じゃないかと思ったこともあるんです」

「女の子のこと、気になるのね？」

「え、ええ……変な想像ばかり……その、しちゃって」

亜矢香の盗撮画像を見られただけに、なんともバツが悪い。気まずげに俯けば、美しい保健教師は肩をすり寄せて言い放った。

「悪いことじゃないのよ、自分で発散するのは。先生だって……我慢できなくて、しちゃったんだから」

先ほどのなまめかしい姿を思いだし、心臓が早鐘を打ちだす。すっかり萎えていたペニスに硬い芯が入り、ズボンの前部分がまたもや膨らんだ。

「思春期の男の子は、精子を作りだす能力がいちばん高い時期なの。一度排出した精子は、一般的に三日から四日で同じ量に戻ると言われてるわ。溜まったときはムラムラするし、排出したくなるのは当然のことなのよ」

男の生理をストレートな言葉で表現され、恥ずかしさで顔が真っ赤になる。

体温が上昇するとともに、牡の肉もぐんぐん膨張していった。

「ただね……そういった欲求を変な方向に向けたら、だめよ。それで人生を棒に振った人だって、たくさんいるんだから。わかるわね？」

「は、はい」

「オナニーは、いつしたの？」

「……へ？」

衝撃的な質問に全身が燃えあがり、惚けた表情で美咲を見つめる。

艶っぽい眼差しに赤い唇が悩ましく、心臓が口から飛びでそうなほど高鳴った。

もしかすると、女教師の性的な欲求も頂点に達しており、自慰行為だけでは抑えられないのではないか。

皓太は、口の中に溜まった唾を飲みこんでから答えた。

「き、昨日……です」

「まあ、出したばかりなのに、いかがわしいこと考えちゃうなんて……あなたの場合は、精子を作る能力が人より長《た》けてるのかもしれないわね」

「そ、そうなんでしょうか」

「いいわ……これからは、我慢できなくなったら、先生のとこにいらっしゃい」

「あ、あの……どういう意味……あ」

白魚のような指がズボンの中心に伸び、ハッとして息を呑む。

牡の情欲が深奥部から迫《せ》りあがり、ふたつの肉玉が早くも吊りあがった。

4

「あ、あ……」

再び頭に血が昇り、身体と気持ちがふわふわする。

ズボンのベルトが緩められ、チャックが引き下ろされる光景を、皓太は荒々しい息をつきながら見下ろした。

「いやだわ……こんなに大きくして」

テントを張ったトランクスの中心部が、社会の窓からにょっきり顔を出す。

今は羞恥さえも悦楽のスパイスと化し、動悸が少しも鎮まらない。脳漿《のうしょう》がグツグツと煮え滾り、熱病患者のごとく意識が朦朧とした。

「さ、お尻を上げて」

「お、お……」

まともな言葉も発せられず、言われるがまま腰をベッドから浮かす。

美咲はズボンと下着を同時に引き下ろし、皮被りの生白いペニスが反動をつけて跳ねあがった。

（あ、ああっ！　せ、先生にチ×ポを見られてるぅ!!）

ねっとりした視線が股間に突き刺さり、あまりの昂奮に喉が干あがる。すでに先走りの汁が溢れだし、ひとつ目小僧を思わせる先端が妖しく濡れ光っていた。

「はあはあはあ」

「すごいわ……まだ何もしてないのに、こんなになって」

熱い息を耳に吹きかけられただけで背筋がゾクゾクし、身がひくついてしまう。

果たして、このあとはどんな展開が待ち受けているのか。期待に胸を震わせた瞬間、指がペニスに伸び、キンキンの胴体をそっと握りこんだ。

「あ……うっ!!」

青筋が脈動し、睾丸の中の樹液が出口を求めて暴れまくる。皓太は苦悶の表情で腰を折り、慌てて肛門括約筋《こら》を引き締めた。

なんとか射精は堪えたものの、ザーメンが射出口を断続的にノックし、猛烈な放出願望に苛《さいな》まれる。

「はぁぁぁっ」

涙目で股間を見下ろせば、鈴口から我慢汁がツツッとこぼれ落ち、ほっそりした美しい指を穢していった。

彼女の体温が指先を通して伝わり、柔らかい感触に快感のボルテージが増幅する。

「いやだわ……もう出ちゃってるじゃないの」

「あっ、く、くうっ」

「いい？　先生が許可するまで、出しちゃだめだからね」

「が、我慢……できないかもしれません」

「だめよ。勝手に出したら、二度としてあげないから」

二度としてあげない。つまり、指示を守れば、また次があるということだ。

こうなったら、意地でも放出するわけにはいかない。

丹田《たんでん》に力を込め、自制心を目いっぱい働かせたものの、女教師の淫らな性指導は予想を遥かに超えるものだった。

「このおチ×チンをしごいて、ザーメンを出してるのね。でも、ちゃんと皮は剝いておかなきゃだめよ」

「……え？」

言葉がうまく聞き取れず、片眉を吊りあげたところで、宝冠部に添えられた指に力が込められた。

「あ、な、何を……くっ」

「言ったでしょ。おチ×チンの皮は剥いておかないとって」

包皮をずり下ろされ、張りつめた先端の肉実が徐々に露《あらわ》になる。

「ほうら、もうすぐ剥けそうよ」

「あ、くっ、くっ」

皓太のペニスは仮性包茎で、包皮を剥いた経験は一、二度しかない。雁首にピリリとした疼痛が走り、美咲の淫靡な振る舞いに愕然とした。

やがて包皮が雁首で反転し、ピンク色の亀頭が全貌を現す。

「あ、ひっ！」

「ほうら、剝けたわ」

「く、おおっ」

皓太はずる剝けたペニスを見下ろしつつ、驚きの連続に言葉をなくした。

まさか保健教師に包茎矯正されるとは、いまだに現実のことだとは思えない。

包皮が雁首の真下を締めつけ、射精欲求は少なからず怯んだものの、脳細胞は歓喜の渦に巻きこまれるばかりだ。

「ほら、見てごらんなさい。雁のところに、白い恥垢が溜まってるでしょ？　不潔にしておくと、病気になることもあるの」

「あ、あ……」

「ちゃんときれいにしておかないと、女の子に嫌われちゃうわよ」

美咲は微笑をたたえ、身を屈めて唇を窄《すぼ》める。口の隙間から滴った唾液が亀頭をゆるゆる包みこむと、放出願望が息を吹き返した。

(お、おぁあぁっ！)

清らかな唾液が不浄な性器にまとわりつき、なめらかな感触を与える。美咲は指の抽送を開始し、くちゅくちゅと響く猥音が昂奮をさらに高めた。

「ああ、ああっ」

放心状態のまま口をあんぐり開け、裏返った声を絶え間なく放つ。

「ほら、もっと足を広げなさい」

「くおっ」

強引に大股開きさせられ、肛門までさらけ出すと、あまりの羞恥と快感に頭の中がピンク色に染まった。

指のスライドが速度を増し、悦楽の風船玉が破裂寸前まで膨張する。ペニスが蕩けそうな感覚は、自分の指でするときとは比較にならぬ気持ちよさだ。

「どう？」

「はふっ、はふっ、すごい、すごいです！」

「包茎が矯正されて、きれいにしていたら、もっと気持ちいいことしてあげるわ」

美人教師の甘い誘惑にこの世の喜びを嚙みしめ、生きていてよかったと心の底から思う。異性から初めて受ける手コキに感動する一方、童貞少年の我慢はついに限界点を突破した。

「ああ、も、もう……」

「イキそうなの？」

「は、はい、イッても……いいですか？」

「しょうがないわね。いいわよ、たくさん出しなさい。エッチなミルク、一滴残らず絞り取ってあげる」

ふしだらな言葉がハートをナイフのごとく抉り、牡の欲望が内から逆巻《さか》くように迫りあがる。美咲は順手から逆手に代えて肉胴を絞りたて、空いた手で陰嚢をスーッと撫であげた。

「う、ひっ⁉」

魂が抜き取られそうな感覚に見舞われ、奥歯がガチガチ鳴る。

熱い噴流は猛烈な勢いで尿道を突っ走り、包皮の締めつけ箇所でいったん堰《せ》きとめられたあと、反動をつけてから解き放たれた。

「きゃっ、出た！」

「あ、ぐうっ」

びゅるんと迸った樹液は天高く舞いあがり、リノリウムの床に降り注ぐ。

もちろん性欲旺盛な少年の射精は一度きりでは終わらず、二発三発四発と飽くことなき放出を繰り返した。

「す、すごい……まだ出るわ」

彼女の呆れた声を聞きながら、皓太は睾丸に溜まった牡汁を心ゆくまで吐きだした。

あたり一面に栗の花の香りが漂い、精も根も尽き果てる。

「いやだわ、こんなに出して。床がベトベト。ホントに、昨日したばかりなの？」

「お、お、おっ」

美咲の言葉は、もう耳に入らない。

意識を遠くに飛ばした皓太はそのまま仰向けにひっくり返り、解剖されたカエルのように全身を痙攣させた。

第二章　甘美すぎる絶頂初体験

1

（あぁ、チ×ポが……まだムズムズする）

帰宅した皓太はさっそく自室に戻り、美咲から受けた手筒の快感を思いだした。

包皮を剝かれ、唾液をまぶされ、指のスライドから大量の精液をぶちまけてしまったのである。

いまだに実感が湧かず、何度も頰をつねっては口元をほころばせた。

（盗撮をやめて、チ×ポの皮を剝いて清潔にしておけば、もっと気持ちいいことしてくれるって言ってたよな）

約束をきちんと守っていれば、今度はフェラチオを……いや、さらなる大人の世界に導いてくれるかもしれない。

(まさか……いくらなんでも、それはないか)

甘い期待に気分が高揚するも、なぜ美咲が卑猥な行為に打って出たのか、皓太は首をひねった。

確かに自慰行為を目撃された後ろめたさはあったのだろうが、彼女は盗撮動画を削除し、証拠を隠滅したのである。

いくら交換条件とはいえ、会話を交わしたこともない教え子に破廉恥な誘いをかけるとはどうしても考えにくい。

公《おおやけ》になれば、教師生命を失うだけに、男子生徒相手にいつも不埒《ふらち》なカウンセリングをしているとも思えなかった。

(やっぱり、オナニーを目撃されたことがよほど恥ずかしかったのかな?)

だとすれば、うまく立ちまわることで、夢にまで見た初体験を叶えられるかもしれない。

まだまだ先のことだと思っていたが、中学二年で童貞を捨てられるとは……。

真面目な生徒ばかりが通う名門の盟華では、自分が初になるのではないか。

（はあ……やばい。また勃ってきちゃった）

数時間前に大量放出したのに、保健室での出来事を思い返せば、ペニスに熱い血流がなだれこむ。

（どうしよう……オナニーしようかな）

童貞喪失の可能性がある以上、無駄撃ちはしたくないが、獰猛《どうもう》な性欲は少しも怯まずに脳裏を埋め尽くした。

股間を撫でさすり、心地いい感触に胸がときめきだす。

（あぁ、やっぱり我慢できない。もう一発だけ……）

ズボンのベルトを緩めようとした刹那、扉をノックする音が聞こえ、皓太は瞬時にして現実に引き戻された。

「皓ちゃん、帰ってるの？」

「あ、はい」

「入っていい？」

「……うん」

股間から手を離して居住まいを正せば、扉が開き、姉の響子《きょうこ》が姿を現した。

十歳年上の彼女は盟華学院卒の先輩でもあり、中等部から大学まで学業成績一位の座を譲らなかった才媛《さいえん》だ。

自分の姉ながら、清楚で見目麗しい顔立ちやお嬢様の雰囲気は亜矢香に通じるものがある。

響子は大学を卒業後、父の経営する医院で受付業務に従事し、これまた父の勧めで見合いした医師との婚約を決めた。

まごうことなき両親自慢の娘で、来月には結婚して家を出ることになる。

寂しさは拭《ぬぐ》えないが、姉に対して抱いてきた劣等感が多少なりとも和らぐのではないかという気持ちもないではなかった。

「夏休みが終わって、半月が過ぎたけど、勉強のほうはがんばってる?」

「うん……まあまあ」

二学期は、一学期よりも成績が落ちるのは目に見えている。

顔をしかめて答えると、響子はベッドに腰かけ、優しげな微笑を浮かべた。

「家のこと、気にしなくていいからね」

「……え?」

「皓ちゃん、なんかプレッシャーに感じているように見えるから」

「そ、そうかな」

「もし他にやりたいことがあるのなら、自分の好きな道を突き進んだほうがいいと思うの」

「で、でも……」

「旦那さんになる人、今は大学病院で働いてるけど、いざとなったらうちの医院を継いでもいいって言ってるから」

「そ、そうなんだ」

おそらく、父は将来的なことを考えて、跡継ぎの保険となる男性を姉に紹介したに違いない。別の見方をすれば、それだけ息子を信用していないとも言える。

(こんな調子じゃ、無理もないけど……)

姉からしてみれば、気をつかってくれているのだろうが、弟としては複雑な心境だった。

「まあ、まだ中学二年だもんね。ゆっくり考えればいいと思うわ」

「うん……ありがと」

「ところで、学校のほうはどう？　何か、変わったことない？」

保健室での出来事が脳裏に浮かんだものの、もちろん口をすべらせるわけにはいかない。

皓太はやや伏し目がちに、小さな声で答えた。

「とりたてて、別にないけど……そういえば、姉さん……一学期も、同じこと聞いたよね」

「ふふっ、これでも心配してるのよ。いじめられてるんじゃないかと思って。私が中等部を卒業してから十年近く経ってるし、学校の雰囲気もずいぶん変わったんじゃない？」

「変わったかどうかはわからないけど、盟華はおとなしい生徒が多いし、いじめられることはないよ」

「そう、安心したわ。それじゃ、がんばってね」

姉が腰を上げ、皓太の肩を軽く叩いてから部屋を出ていく。

ワンピース越しの丸々としたヒップが目に入り、胸がドキリとした。

彼女は、すでに婚約者と肉体関係を結んだのだろうか。

真面目な性格の姉なら、婚前交渉はとても考えられないのだが……。

（もしかすると、俺のほうが早く初体験を済ませることになるかも）

姉よりも唯一勝るものが、人に言えない下世話な体験とは情けない。それでも今の少年にとって、いちばんの関心事は性への好奇心以外に何もないのだ。

（来週の火曜は、保健の授業があるんだよな。あぁ、やりたい……やっぱり、美咲先生相手に童貞を捨てたいよぉ）

女教師との淫らな行為に思いを馳せた皓太は、再び疼きはじめる股間を見下ろし、荒ぶる性欲に必死の自制を試みた。

2

翌週の火曜日、皓太は大いなる期待を胸に保健の授業に臨んだ。

前回の体験から四日が過ぎ、副睾丸には大量のザーメンが蓄積されている。言いつけどおりにペニスを清潔にし、包皮も剝いたままの状態を保った。

授業が終了したら、美咲に懇願するのだ。大人の男にしてほしいと……。

幸いにも今日の保健は文化館にある視聴覚室で行われるため、授業が終われば、クラスメートらは教室に戻る。

（きっと、美咲先生と二人きりになれるチャンスがあるはずだ。あぁ、でも……チ×ポの先っちょがヒリヒリする）

敏感な宝冠部がパンツの裏地にこすれ、むず痒い感触が絶えず襲いかかる。

照明の落とされた教室内で、美咲はスライドを使っての救急法を指導していた。

授業の内容など、耳に入ってこない。

美人教師のプロフィールと豊満なヒップを目で追い、胸を甘くときめかせる。

ペニスは早くもフル勃起し、剝きだしの亀頭がなおさらひりついた。

（あと五分か……ホントに、お願いできるのかよ）

いざとなると覚悟が決められず、恐怖から足が震えだす。それでも中止する気はさらさらなく、内股ぎみから腰を微かにくねらせた。

彼女は間違いなく、約束を守れば望みどおりのことをしてあげると約束してくれたのだ。

精通を迎えてから四日も自慰を我慢したことはなく、今はためらいよりも性的な欲求のほうが勝っている。

獣じみた淫情を抑えられず、暴発寸前まで張りつめている状態なのだ。

運命の瞬間が刻一刻と迫り、緊張に身を引き締める。授業終了のチャイムが鳴り響くと、皓太は口を引き結んで武者震いした。

「今日の授業で教えたことは、中間テストに出すつもりだから、しっかり復習しといてね」

美咲が最後に念を押し、クラスメートらが和やかな態度で返答する。四時間目ということもあり、どの生徒も昼食のほうに気を取られているらしい。

皓太は周囲の様子をうかがいつつ、のんびりした動作で帰り支度を整えた。美咲も急ぐことなくテキストを閉じ、プロジェクターの電源スイッチをオフにする。

（頼むから、誰も先生のとこに行かないでくれよ）

願いが通じたのか、今日は女子たちが美咲に群がることもなく、最後まで残っていた生徒が教室を出ていった。

室内が静寂に包まれ、心臓の鼓動が自分の耳にもはっきり届く。皓太は気を取りなおし、美咲のもとにおずおずと突き進んだ。

「あら？」

人の気配を察したのか、美人教師が振り返り、意外そうな顔を見せる。

「どうしたの？」

「あ、あの……」

喉がカラカラに渇き、次の言葉が出てこない。童貞少年は無理にでも気持ちを落ち着かせ、心に秘めていた思いをとつとつと告げた。

「や、約束を……ま、ま……守りました」

「え？」

「せ、先週、先生と約束したことです」

「まあ……本当かしら？」

美咲は訝しむも、目をキラリときらめかせる。決していやがる素振りを見せず、嫌悪を抱いているとも思えない。期待感を膨らませた皓太は、ようやくハキハキした口調で答えた。

「ほ、本当です！」

「ふふっ、わかったわ。ちゃんと、調べてあげる」

「……へ？」

「こっちにいらっしゃい」

美咲は躊躇《ちゅうちょ》なく言い放ち、視聴覚室の奥にある準備室に歩いていく。

(ま、まさか、あそこで……)

話が通れば、放課後に保健室でという流れを考えていたのだが、まさか昼休みに性指導を受けることになろうとは……。

「何、ボーッとしてるの？ お腹が減って、その気になれないのかしら」

胸が重苦しく、食欲など湧くわけがない。喉をゴクンと鳴らした少年は、早足であとに続いた。

美咲が引き戸を開け、照明のスイッチを入れる。

室内の広さは、およそ六畳ほどか。向かいの壁にスチール製の棚が置かれており、右奥には小さな机と簡易椅子が置かれている。

美咲は白衣を脱ぐや、椅子に腰かけ、腕と足を組んだ。

ネイビーブルーのタイトスカートはサイドに大きなスリットが入っており、太腿の生白い肌がいきなり目をスパークさせる。

胸を高鳴らせたところで、彼女はさっそく不埒な指示を出した。

「ズボンとパンツを下ろして、見せてごらんなさい」

「え……今、ここでですか？」

「そうよ」

「わ、わかりました」

ペニスが派手に脈打ち、あまりの昂奮から息をすることさえままならない。

すぐさまズボンのベルトを緩めたものの、視聴覚室の出入り口や準備室の扉は鍵をかけておらず、ためらいが頭をもたげた。

「どうしたの？　ぐずぐずしてると、昼食を食べる時間がなくなっちゃうわよ。私は次の時間、空きだからいいけど」

「あ、あの……大丈夫ですか？　誰も入ってこないでしょうか？」

「あら、そんな心配してるの。大丈夫よ、この時間帯なら、誰も来やしないわ」

文化館はＬＬ教室や理科実験室など、特別授業で使用する教室が多く、ふだんから教師や生徒らの行き来は少ない。しかも視聴覚室は最上階の角にあり、確かに昼休みに訪れる人物がいるとは思えなかった。

（このチャンスを逃したら、次があるか……わからないもんな）

意を決し、ズボンのホックを外してチャックを下ろす。

羞恥に身を焦がすも、内から溢れでる情欲には敵《かな》わない。

紺色の布地を下着ごとずり下ろすと、ペニスがジャックナイフのように飛び跳ね、透明な粘液が扇状に翻った。

3

（あぁ……また出ちゃってる！）

全身の毛穴から汗が噴きだし、若い官能がくすぐられる。

下腹部を惚けた表情で見下ろすなか、美咲は身を乗りだしてクスリと笑った。

「いやだわ……何もしてないのに、また勃ってるじゃないの。しかも我慢汁、こんなに溢れさせちゃって」

卑猥な言葉が男心を突き刺し、性感覚がいやが上にも研ぎ澄まされていく。女教師は右手を差しだし、手のひらで怒張を下からペチペチと叩いた。

「あ、ああっ」

ペニスが上下するたびに心地いい振動が全身に拡散し、目がとろんとしだす。

「本当だわ……ちゃんと剝けてる。でも、先っぽが真っ赤よ。痛くないの？」

「はあはあ、ちょ、ちょっとだけ……ひりひりします」

「オナニーはしてたの？」

「し……してません」

この四日間、何度も自慰を試みようとしたが、美咲との甘美なひとときを期待して必死に堪《こら》えた。

溜まりに溜まっているだけに、少しでも油断すれば、射精へのカウントダウンが始まってしまいそうだ。

「法に触れるようなこともしてないわね？」

「してません！」

胸を張って否定し、剛直をことさら反り返らせる。

彼女は優しげな笑みを浮かべ、指を肉幹にそっと絡めて言い放った。

「ふふっ……変なことばかり考えてたんでしょ？」

「あ、あぁ」

コクコクと頷いた直後、快感の嵐が股間の中心で吹き荒れる。

（我慢、我慢だぁ）

全身に力を込めて肉悦に抗《あらが》うも、白濁の溶岩流は容赦なく煮え滾《たぎ》り、ペニスが頭をブンブン振った。

美咲の身体から匂う甘い芳香や淫靡なフェロモンも、交感神経を麻痺させる。

あだっぽい女教師は遠慮することなく、さらなる言葉責めで性感をあおった。

「どんなことを考えてたの？」

「……え？」

「いやらしいこと……ずっと想像してたんでしょ？」

「そ、それは……」

顔が熱くなり、唇の端がわなわな震える。言われるまでもなく、朝から晩まで中学生らしからぬ破廉恥な行為を思い描いていたのだ。

「何をしてほしいと思ったのかな？　はっきり言わないと、このまま終わりにしちゃうわよ」

美咲はとんでもない要求を突きつけるや、ペニスから指を離し、気を削がれた少年は狂おしげに身をよじった。

「あぁ、そんな……」

「言いなさい」

穏やかな表情が険しくなり、クールな眼差《まなざ》しにハートがキュンとする。

ふしだらな妄想を、面と向かって告白しなければならないとは……。

思わぬ展開に動揺するも、さらなる寵愛《ちょうあい》を受けたい童貞少年に拒否する選択肢はない。羞恥心をかなぐり捨てた皓太は、震える唇をゆっくり開いた。

「せ、先生の……あそこを……ずっと想像してました」

「まあ」

美咲は大袈裟に驚いたあと、冷笑を浮かべて追い討ちをかける。

「それだけじゃないわよね？」

「は、はい」

「全部、正直に言いなさい」

「あ、それは……あの、その……」

「ん、何？　先生、はっきりしない子は嫌いよ」

「匂いを嗅いだりとか……」

「どこの？」

「あ、あそこ……です」

「あそこじゃ、わからないわ」

「お、お、おマ×コの……匂いです」

顔から火が出る思いに翻弄される反面、刺激的な会話の連続に理性がどろどろに蕩ける。

「他には？」

「あとは……あの、おチ×チンを手でさすってもらったり……あうっ！」

「こう？」

美咲は再び男根を握りしめ、シュッシュッと軽くしごいた。

せっかく包茎矯正したのに、包皮が蛇腹《じゃばら》のごとくスライドしては亀頭冠を覆い隠していく。

「きっと、その先のことも考えたんでしょ？」

「は、はい！」

背筋をピンと伸ばした皓太は、掠れた声で洗いざらい白状した。

「そ、そのあとは……チ×ポをしゃぶってもらったり、そ、それからおマ×コに挿れたり……あ、ふうぅっ」

言い終わらぬうちに手のひらが胴体を絞りあげ、快感の稲妻が脳天を貫く。

「いやらしい……そんなことまで考えてたのね」

美咲が怒張に顔を近づけると、心臓がバクンと音を立て、皓太は目をこれ以上ないというほど開いた。

唇のあわいから紅色の舌が差しだされ、根元から裏茎沿いをツッと這っていく。

触れるか触れぬ程度の力加減だったが、縫い目や雁首をなぞられるたびに牡のエキスが射出口に集中した。

「あ、あ、あ……」

「ふふっ、しゃぶってほしいんだったわね」

大いなる期待に歓喜する一方、口元を引き締めて身構える。

彼女は今、教え子が妄想した行為を踏襲しようとしているのだ。

（ま、まさか……このあとは、まさかぁ！）

包皮を剝き下ろされ、艶めいた唇がゆっくり開かれると、皓太はぎらぎらした目で股間を見下ろした。

清らかな唾液を亀頭冠にまぶされ、端正な容貌が徐々にペニスに近づく。

「む、むおっ」

ぬっくりした感触が先端を包みこんだ瞬間、少年は涙目で腰をぶるっと震わせた。

（あぁ！　せ、先生が俺のチ×ポを⁉）

柔らかい唇が肉胴をすべり落ち、ねとついた口腔粘膜が男根を覆い尽くしていく。

美咲はペニスを根元まで吞みこんだあと、顔をゆったり引きあげ、口唇の端から小泡混じりの唾液を滴らせた。

ハの字に下がった眉、ぺこんと窄《すぼ》めた頰、だらしなく伸びた鼻の下。淫蕩な表情と妖しく濡れ光る肉根を交互に見つめ、性感覚が臨界点まで引きあげられる。

なんと、淫らな光景なのだろう。インターネットで視聴した無修正のフェラチオを、中学二年の自分が体験しているのだ。

手コキも多大な快楽を与えたが、ぬくぬくした口の中の感触には遠く及ばない。

見目麗しい教師は唾液を啜りあげたあと、本格的な抽送を繰りだした。

じゅぴ、じゅぴ、じゅぷっ、ヴパッ、ヴポッ、ヴポポポポッ！

卑猥な吸茎音を高らかに響かせる、腰まで持っていかれそうなバキュームフェラだ。

「おっ、おっ、おおっ」

歯を剝きだして射精を堪えるも、律動のピッチは目に見えて速度を増していく。しかも彼女は首をS字に振り、きりもみ状の刺激まで吹きこんでくるのだからたまらない。

射精願望が瞬く間に脳裏を支配するも、少年は内股の体勢から足の爪先を内側に湾曲させて踏ん張った。

しっぽりした口腔粘膜が、剛直をこれでもかと引き転がす。唇の裏側が雁首をこすりたてるたびに、悦楽のパルスが脳幹を灼き尽くす。

（あっ、すごい、すごい！　こんなの、我慢できるわけないよぉ!!）

放出を堪えれば、至高の褒美が待ち受けているかもしれない。それがわかっていても、これ以上は限界だった。

しょっぱなからフルスロットルのフェラチオが延々と繰り返され、少年のちっぽけな自制心を根こそぎなぎ倒す。

「ああ、ああっ」

内圧がリミッターを振りきった直後、牡の証《あかし》が深奥部から迫《せ》りあがり、ストッパーが木っ端微塵に砕け散った。

大人の女性は、ペニスの脈動から射精をいち早く察したのだろう。口からペニスを引き抜いたとたん、尿道から濃厚な一番搾りが速射砲のごとく跳ねあがる。

「あ、おおっ！」

「きゃっ！」

美咲は慌てて身を躱《かわ》し、乳白色の塊は頬を掠めて床に着弾した。

下腹に甘美な鈍痛感が走るたび、熱い刻印がポンプで吸いあげられるように輸精管になだれこむ。溜めこんでいたザーメンは宙に何度も放たれ、生臭い匂いがあたり一面に立ちこめた。

「はあはあはあ、はあぁぁっ」

とうとう、堪えきれずに男子の本懐を遂げてしまった。

泣きそうな顔で臍《ほぞ》をかんだものの、四日ぶりの大量放出に脳幹がバラ色に染めあげられる。

裏茎には頑健な芯が注入されたまま、ペニスが萎える気配は少しもなかった。

4

「もう……イッたらだめって、言ったでしょ？」

「はっ、ふっ、ふっ……ご、ごめんなさい」

「それにしても……またたくさん出したわね。床掃除が、大変だわ」

甘くねめつけられ、自責の念に駆られる。

「す、すみません……自分でやりますから」

俯き加減から謝罪すると、美咲はすっくと立ちあがり、肩に手を添えてきた。

香水の香りが鼻腔をくすぐり、快楽の余情に身を委ねる。

「ふふっ、やっぱり若いのね。おチ×チン、まだ勃ちっぱなしよ」

大量放出した直後にもかかわらず、確かにペニスは逞しい漲《みなぎ》りを誇っていた。

下腹部のムラムラは依然として収まらず、このまま二回でも三回でもイケそうだ。

（ひょっとして……まだ続きがあるのかも）

鼻をひくつかせ、首筋から香るフェロモンを胸いっぱいに吸いこむ。脳幹が疼いたところで背中を軽く押され、このあとの展開に胸が躍った。

「座って」

「……へ？」

「椅子に座って」

「は、はい」

いったい、何をするつもりなのか。

ズボンと下着を足元に絡ませたまま、怪訝《けげん》な顔で椅子に歩み寄る。身を反転させて椅子に腰かけると、女教師は目の前に立ちはだかり、意味深な笑みを浮かべた。

「匂いを嗅ぎたいって、言ったわよね？」

「……え」

自分が何を口走ったのか、記憶は定かではないが、生の女性器を目《ま》の当たりにしたいという願望は絶えず抱いていたのである。

間髪をいれずにコクコク頷《うなず》くと、美咲は何を思ったのか、タイトスカートの中に手を入れて身を屈《かが》めた。

腰がもぞもぞと動き、やがて深紅のショーツが美脚の上をすべり落ちてくる。

総レース仕様で布地面積が異様に少ない、まぎれもなく大人の女性が穿くランジェリーだ。

（あ、あぁ……Tバックだ！）

淫らな布地が足首から抜き取られ、美咲がクロッチをチラリと見やる。

「やだ……けっこう汚れてるわ」

「はっ、はっ、はっ」

彼女がなぜ下着を脱いだのか、目論見《もくろみ》は理解できないが、もしかすると、あそこの匂いを嗅がせてくれるのかもしれない。

情欲の嵐が再び吹き荒れ、鼻から荒々しい吐息がこぼれた。

「生理直前のせいかしら」

女教師は独り言のように呟《つぶや》き、あだっぽい眼差しを向ける。

ドキドキしながら待ち受けるなか、彼女はゆっくり近づき、信じられない行動に打って出た。

手にしていたショーツを大きく広げ、皓太の頭にすっぽり被せたのである。

「あ、あ、あ……」

布地が引き下ろされ、プロレスラーのマスクさながら顔面を覆い尽くしていく。

ショーツの縁を顎に引っかけると、クロッチが鼻面に押し当てられ、峻烈な芳香が鼻腔粘膜を隅々まで掻きまわした。

「いいわよ、たっぷり匂いを嗅いで」

「あ、おおっ！」

美人教師が今まで穿いていた下着の匂いを、じかに嗅いでいるのだ。アンズにも似た甘酸っぱい香りに混じり、獣じみた生々しい媚臭が牡の本能を刺激する。

（はっ、はっ、こ、ここに、先生のおマ×コが押し当てられてたんだ）

仄《ほの》かな湿り気は汗か、それとも膣から放たれた分泌液なのか。

童貞少年にとって、生まれて初めて嗅いだ刺激臭はこの世のものとは思えぬ昂奮を与えた。

一度放出していなければ、この時点で大噴射していただろう。

またもやペニスがひりつき、知らずしらずのうちに膝をすり合わせてしまう。

「はあはあ、はあ、はぁぁぁっ」

心臓が痛みを覚えるほど暴れた瞬間、皓太は美咲が次に放った言葉に耳を疑った。

「そのショーツ、あげるわ」

「……へ？」

「生理になったら、あなたの望みを叶えてあげられないもの。しばらくのあいだ、それで我慢しなさい」

「あ、あ、あ……」

極上のプレゼントに気が昂《たかぶ》り、肉棹が青竜刀のごとく反り返る。

鈴口から我慢汁がしとどに溢れたとたん、女教師は舌先で唇をなぞり、タイトスカートをたくしあげた。

（……え？）

ショーツは足を通す箇所が目にあてがわれているため、視界は遮《さえぎ》られていない。

意識せずとも身を乗りだし、好奇の眼差しを股の付け根に注ぐ。

逆三角形に刈り揃えられた恥毛、ふっくらした恥丘の膨らみ、きめの細かい白い肌に目が釘づけになる。

肝心の箇所こそはっきり確認できなかったが、鶏冠のように突きでた肉の尾根が小陰唇だろうか。

過激な体験の連続に、胸の高鳴りはオーバーヒート寸前だ。

瞬きもせずに凝視する最中、額を押されて身を起こせば、美咲が皓太の腰を大きく跨がった。

（……あっ!?）

目の前の光景に呆然とした直後、ザーメンの付着したペニスに手が添えられ、女教師が腰をゆっくり沈めていく。

(あ、あ、ま、まさかぁぁっ！)

淫らな行為を次々に仕掛けられても、心の隅では大人の女性が中学生の男子と性交渉するはずがないと考えていた。

遠い未来の出来事だと思われた童貞喪失が今、叶えられようとしているのだ。

(マ、マ、マジかよぉぉっ！)

自分のいったい何が、美咲をその気にさせたのか。

訳がわからなかったが、まともな思考など働くはずもなく、少年の全神経は即座に股間の一点に集中した。

ペニスの頭頂部が股ぐらに隠れ、ぬるりとした感触が亀頭の先端に走り抜ける。

「む、むおっ」

柔らかい媚肉はヒップが沈むごとに雁首から胴体を包みこみ、皓太は身も心も蕩けそうな快美に陶然とした。

(あ、す、すごい、き、気持ちよすぎるっ！)

フェラチオも多大な肉悦を与えたが、次元の違う心地よさに感動すら覚えてしまう。

ワイシャツの裾をたくしあげ、結合部に目を向ければ、恥骨同士がぴったり密着し、ぬっくりした肉洞の感触に酔いしれた。

夢や幻ではない。ひとまわり年上の女性相手に童貞を捧げたのだ。

自分は今、世界一幸せな中学二年生なのではないか。

「あっ、くっ」

美咲が腰をゆったり上げると、うねる膣肉が男根をやんわり揉みほぐす。

生き物のように蠢く媚肉の締めつけに驚嘆しつつ、皓太は官能の深淵にどっぷり浸っていった。

「ふふっ、わかる？　入ってるの」

「は、は、はい」

「あなたのおチ×チン、とっても硬い……はあぁ、気持ちいいわ」

女教師は鼻にかかった声をあげ、腰をくなくな揺らす。

色っぽい動作に加えて、男根が温かい膣の中で引き転がされ、あまりの快感に両足が突っ張った。

放出したばかりにもかかわらず、性欲が一瞬にして上昇気流に乗りだす。

童貞喪失の感慨を心ゆくまで味わいたい、至高の一体感を永遠に享受《きょうじゅ》していたい。

口をひん曲げて放出の先送りを試みたが、まろやかなヒップがスライドを始めると、想像を遥かに超える悦楽が股間に吹き荒れた。

ぱちゅん、ぱちゅん、にちゅ、にちゅちゅちゅうっ！

おびただしい量の恥液が淫靡な音を奏で、視覚ばかりか聴覚まで刺激する。さらには、ショーツのクロッチから放たれる牝臭が嗅覚をくすぐった。

「だめよ、すぐにイッちゃ」

「は、はい」

嗄《か》れた声で答えたものの、ピストンはみるみる加速し、豊かな双臀が太腿を派手に打ち鳴らす。

「あ、ぐ、ぐうぅぅっ」

こなれた媚肉が男根にべったり絡みつき、上下左右からキュンキュン締めつけた。亀頭の先端が子宮口を叩くたびに尿道口が疼き、同時に灼熱の淫情が破裂寸前まで膨らんだ。

挿入してから三分と経っていないはずなのだが、限界値はとうに超え、滾る樹液が睾丸の中でのたうちまわる。

「あう、あう、せ、先生っ」

放出間近を訴えようとした刹那、美咲はさらにヒップをシェイクさせ、杭打ちピストンで剛槍を蹂躙《じゅうりん》した。

「あ、ひぃっ！」

「ああ、いい、気持ちいいわぁ」

収縮を繰り返す膣襞がペニスを揉みくちゃにし、結合部からぐっちゅぐっちゅと卑猥な肉擦れ音が鳴り響く。

腰に熱感が走り、全身の生毛が逆立った。脳幹がバラ色の靄に包まれ、思考が雲散霧消した。

「はぁ、も、もう、イッちゃいます！」

一オクターブも高い声で放出の瞬間を告げれば、美咲はすばやく腰を上げ、膣からペニスを引き抜く。そして皓太の両足のあいだに跪《ひざまず》き、愛液でどろどろのペニスに指を絡めてしごきたてた。

「ぐ、くおぉぉっ」

「ふふっ、いいわよ。イッても」

「あ、ああっ」

彼女は亀頭冠にキスの雨を降らし、合間に舌先で敏感状態の雁首をなぞりあげる。

口元を尿道口に近づけているため、このままでは精液が美貌にかかってしまうのではないか。

「先生、先生っ！」

泡を食って訴えようとするも、あまりの昂奮から次の言葉が出てこない。

仕方なく全身に力を込めたものの、手コキのスライドはますますピッチを上げ、亀頭冠から根元までまんべんなく快美を吹きこんだ。

こめかみの血管が膨れあがり、両足が筋張る。官能電圧に身を灼かれ、脳の芯がビリビリ震える。

「あ、イクっ、イクっ！」

手のひらが雁首を強烈に絞りあげた瞬間、愉悦の高波が防波堤を越えて一気に押し寄せた。

「いいわよ、たくさん出して！」

「ぐおっ！」

乳白色の塊《かたまり》が一直線に放たれ、美咲の口元から頬を掠め飛ぶ。溜めこんだ欲望の証は逞しい噴出を繰り返し、床にぱたぱたと降り注いでいく。

「すごいわ……二回目なのに、まだこんなに出るなんて」

射精の勢いが衰えはじめると、女教師は根元から雁首まで皮を鞣《なめ》すように胴体を絞りあげた。

「……うっ」

尿管内の残滓がピュッと跳ねあがり、筋肉ばかりか骨まで蕩けそうな快感に愉悦する。皓太は足を前方に投げだし、両手を宙に浮かせたまま、虚《うつ》ろな表情で身をぷるぷる震わせた。

「ザーメンまみれのおチ×チン、お口できれいにしてあげたいところだけど、それは想像してなかったのね」

彼女は妄想した行為をひととおり叶えてくれただけに、お掃除フェラも口にしておけばよかったのかもしれない。

薄れゆく意識の中でぼんやり思いつつも、年上のお姉さんに童貞を捧げただけでも奇跡であり、うれしすぎる誤算なのだ。

至高の肉悦に身も心も委ねた皓太は、美咲とのこれからの甘い課外レッスンに思いを馳せた。

第三章　女教師×美少女【課外レッスン】

1

皓太が初体験を済ませた日の放課後、亜矢香は保健室の前で思案に暮れた。

(どうしよう……何を相談したら、いいのかしら。生理の初日が重いという悩みも、このあいだ話しちゃったし)

中学二年の少女にとって、聡明で美しい女教師は憧れの存在だった。

春に他の学校から転任してきた際、目にした瞬間に心を奪われ、彼女のような魅力的な女性になりたいと思った。

少しでも近づきたい、気に入れられたいと、友だちを誘っては保健室を訪れ、ときには人に言えない悩みも相談してきたのである。全校生徒の中で、カウンセリングを受けた回数は自分がいちばん多いのではないだろうか。

涼しげな微笑、洗練された振る舞いに仕草、包みこんでくれそうな優しさ。会えば会うほど惹かれていき、今では恋心まで抱いている。

(あぁ……先生)

今日は保健の授業の前、廊下で美咲から声をかけられ、思わず相談事があると伝えてしまった。

本音を言えば、愛の告白をしたいのだが、一笑に付されるのは火を見るより明らかで、嫌われてしまったのでは意味がない。

(悩み事か……ひとつだけあるにはあるけど、とても人に話せる内容じゃないわ)

あれこれ考えても、時間は無駄に過ぎるばかりだ。

亜矢香は仕方なく保健室の扉をノックし、引き戸を静かに開けた。

「し、失礼します」

「あら、遅かったのね。待ってたわよ」

美咲が椅子から立ちあがり、満面の笑みをたたえる。白衣姿が決まっており、黒のタイトスカートと長い足が凛々《りり》しい印象を与えた。

（あぁン……先生、カッコいい）

一瞬にしてハートを射抜かれ、羨望の眼差《まなざ》しを向けてしまう。

「す、すみません。お手洗いに寄ってたものですから」

「顔色が優《すぐ》れないけど……どこか具合でも悪いの？」

「い、いえ、そんなことないです！」

「そっ、じゃ……どうしようかしら？　となりのカウンセリング室で話す？」

保健室の奥から行き来できる部屋は完全防音の設備が整っており、話し声が外に洩れることはない。

誰にも邪魔をされずに二人だけの時間を共有できるが、悩み事もないのにカウンセリング室を使用するのはさすがに気が引けた。

「あ……ここで大丈夫です」

「わかったわ。とりあえず、鍵はかけておいてもらえる？」

「は、はい」

指示どおりに出入り口の内鍵をかけ、伏し目がちに美咲のもとに歩み寄る。

「お座りなさい」

「……失礼します」

丸椅子を促《うなが》され、うやうやしく頭を下げてから座れば、美人教師も回転椅子に腰かけて足を組んだ。

「さ、今日はどんな話を聞かせてくれるのかしら」

「あ、あの……」

颯爽《さっそう》とした姿に惚れぼれとするなか、以前から抱いていた疑問を思いだす。

（そ、そうだわ！　聞くこと、あったじゃない）

顔を上げた亜矢香は、控えめな態度で問いかけた。

「あたし……先生みたいになりたいんですけど、どうしたらいいんですか？」

「……え？」

あまりにも唐突すぎたのか、ぽかんとした表情を目の当《ま》たりにし、とんでもない質問をしてしまったとうろたえる。

「私みたいになりたいって……保健教諭になりたいってこと？　それともカウンセラーになりたいのかしら」

「いえ、あの、魅力的な……大人の女性に……なりたいかなって」

顔が火傷《やけど》しそうなほど熱くなり、少女は後悔から太腿の上に置いた拳を握りしめた。

「いやだわ……私、そんな魅力的じゃないわよ」

「そんなことありません！　すごく……あの……素敵だと……思います」

遠まわしに思慕の念を伝えてしまい、今度は恥ずかしさから体温が急上昇する。それでも彼女はいなすことなく、真剣な表情で首をひねった。

「これはまた……難しい質問だわ」

「す、すみません。変なこと、聞いちゃって」

「いいのよ。そうね……いちばん大切なことは、何事に対しても一生懸命取り組むということかしら」

「何事に対しても……ですか？」

「そうよ。勉強でもスポーツでも、いい加減な気持ちでやってたら、まったく身につかないでしょ？」

「確かに……そうですね」

「あなたはこれからさまざまな経験をするだろうけど、真摯《しんし》な態度で臨んでいけば、必ず魅力的な人間になれるはずよ。もちろん対人関係も同じ、男の人に関してもよ」

「……男の人？」

「異性との距離の取り方って、十代のうちに学んでおかなければならない大切なことなの。そこでうまく学べた人は、男女の友情は成立すると考えるわ。異性の友人は、人生を豊かにさせる存在でもあるのよ」

「そういうものなんでしょうか？　男子はがさつで乱暴だし、どうも苦手で……」

「あら、でも気になる男の子はいるでしょ？　もちろん友情だけじゃなく、恋する気持ちだって大切なことなのよ」

心を寄せる男子なんていないし、今は美咲だけに夢中なのだ。

普通ではないとわかっていても、自分の気持ちに嘘はつけない。

（告白する……チャンスかも）

胸がドキドキしだし、彼女への想いが堰を切って溢れでる。亜矢香は口元に手を添え、俯き加減からか細い声で答えた。

「気になる人は……います」

「同級生？　それとも、テニス部の先輩かしら」

「せ、先生……です」

ついに言ってしまった。全身がカッと火照り、あまりの緊張に身を震わせる。

「……私？」

コクンと頷《うなず》いたものの、恥ずかしくて彼女の顔がまともに見られない。

変な女の子だと思われただろうか。もしかすると、嫌われてしまったのではないか。

幼い心を痛めた瞬間、椅子の軋む音が耳に入り、少女は恐るおそる顔を上げた。

「ありがと……私も、あなたのことが好きよ」

「……え？」

「初めて会ったときから、すごくかわいい子だと思ってたの」

「せ、先生」

熱い感動とともに、喜びとうれし涙が込みあげる。美咲は腰を浮かして身を乗りだし、口元にソフトなキスを見舞った。

（……あっ）

涼しげな目元と美貌にメロメロになり、好きだという気持ちを再認識する。

女教師が再び顔を近づけると、少女は軽く目を閉じ、なんのためらいもなくファーストキスを受けいれた。

2

（あ、あたし……先生と……キスしてる）

柔らかい唇の感触に頭がポーッとし、幸せな気分にうっとりする。唇の隙間から舌がすべりこみ、果実の匂いが仄《ほの》かに香ると、今度は脳幹が甘く痺れた。初めてのキスの相手が同性だというのに、嫌悪もなければ、穢らわしいとも思わない。

恋心をますます募らせた亜矢香は、自ら美咲の腰に手を回した。

(あン、先生……好き、好きです)

気分が高揚し、胸のときめきに続いて女の中心部がひりつきだす。唇を貪《むさぼ》られ、チュッチュッと唾液を吸われ、はたまた舌を搦め捕られ、情熱的なキスが繰り返されるたびに身体から力が抜け落ちた。

胸に当たるバストの膨らみ、豊かな腰回りはとても柔らかく、安息感にも似た気持ちに満たされる。

背中や腰を撫でられただけで深奥部から熱い潤みが溢れだし、亜矢香は内腿をすり合わせて身をよじった。

(やっ……濡れてきちゃった)

十四歳の少女を苦しめる、ただひとつの悩み事。それは自慰行為に耽ることで、きっかけは美咲の面影を思い浮かべながらシャワーを浴びているときだった。

熱いしぶきを股間に当てた際、背筋がゾクリとし、同時に快感が身を貫いたのである。うろたえる一方、もう一度味わいたくて、何度もシャワーの湯を恥部に浴びせ、ついには指まで伸ばしてしまった。

いけない行為だとはわかっていたが、性に芽生えた少女の好奇心は止まらない。

クリットを指で転がせば、気が遠くなるほどの悦楽を味わい、事後はやけに気持ちがさっぱりした。

頭の中が真っ白になる感覚が忘れられず、その日からほぼ毎日のようにいけない遊びに夢中になっているのだ。

友人に相談できるはずもなく、自分は普通の女の子ではないのではと思い悩んだ。それでも快楽に抗《あらが》えず、指どころか、ときにはボールペンなどの細い筒状のものを使用したりもした。

まずはペン先で乳頭に刺激を与え、続いて膣内への浅い出し入れを繰り返す。左手で若芽を撫でさすれば、次元の違う快美に身が打ち震え、とうとう極みへと達してしまった。

はしたない独り遊びはどうしてもやめられず、よほど気が昂《たかぶ》っていたのか、四回目の行為で出血したときはびっくりし、罪悪感に打ちひしがれた。

ひょっとして、処女膜を傷つけてしまったのではないか。自らの手で貞操を失ってしまったのでは、後悔してもしきれない。

尊敬するカウンセラーでも相談できる内容ではなかったが、熱いキスと抱擁から距離がグッと近づき、誰にも言えない秘密を打ち明けたい気持ちになる。

唇がほどかれ、熱い眼差しを注がれるや、亜矢香は恥ずかしさから顔を真っ赤に染めた。

「……かわいいわ」

「そ、そんなこと……ありません。あ、あの……」

「ん、何？」

「あたし、他にも……相談したいことがあるんです」

「いいわよ。なんでも話してみて」

「は、はい、えっと……」

いざとなると勇気が持てず、ひたすらはにかむ。心の内を察したのか、美咲はすぐさま抱きしめ、髪を優しく梳いてくれた。

「……あ」

「よほど話しづらいことなのね。いいのよ、恥ずかしがらなくて。人には絶対に話さないから。それとも……先生のこと、まだそこまで信用できないかしら」

「そ、そんなことありません！」

「こっちに来て」

顔を上げて否定すると、女教師はにっこり笑い、手首を摑んで簡易ベッドのある方角に歩いていく。

「あ、あの……」

「座って」

「は、はい」

言われるがままベッドの端に腰かければ、彼女もとなりに座り、口元にキスの雨を降らせた。

「先生、あなたのことが大好きよ」

「あ、ン……先生」

美咲に対する信頼度が急上昇し、告白へのためらいが自然と薄らいでいく。

ソフトなキスを受けながら、少女はふしだらな相談事を打ち明ける決意を固めた。

3

亜矢香は俯き加減から、自身のはしたない行為を小声で告白した。いけない独り遊びをやめられないこと。出血してしまい、処女膜を傷つけたのではないかと不安なこと。話している最中に後悔の念が押し寄せ、思わず涙ぐむ。

「そう、それで心配してたのね」

「あたし……悪い子ですよね」

「いい？　よく聞いて。マスターベーションは、決して悪いことじゃないのよ。先生だって、するんだから」

「え……先生も」

意外な言葉に少女は顔を上げ、目をぱちくりさせた。

美咲ほどの美しい女性なら、男性からのアプローチは引くてあまたなはずである。その彼女が、自分と同じく一人で慰めていようとは……。

「……先生」

「ん？」

「あの……恋人は、いるんですよね？」

至極当然の疑問を投げかけると、女教師は寂しげな表情に変わった。

「……別れたのよ。振られちゃったの」

「えっ？」

「二カ月ほど前だったかな」

美咲を振る男がいるとは考えられない。ただ呆然とするなか、彼女は初めて人懐っこい笑みを返した。

「だから、悶々としちゃうの。それに私も白状しちゃうと、マスターベーションは小学生のときからしてたのよ。シャワーを浴びていたら、気持ちよくなっちゃって」

「え、えぇっ⁉」

驚きの連続に、開いた口が塞がらない。自慰を始めたきっかけが、まさか自分と同じだったとは……。

もちろん美咲への信頼は失せることなく、それどころか共感に続いて親近感が込みあげる。

「みんなしてることなんだから、心配しなくて大丈夫よ。出血のほうは、もう治まったんでしょ？　痛みはないのね？」

「え、ええ」

「あなたぐらいの歳の頃は、異物は挿入しないほうがいいわ。雑菌が入ったら、面倒なことになるから」

「はい、わかりました」

「でも……びっくりしたわ。優等生のあなたから、そんな悩みを聞かされるとは思ってなかったから」

「あたしも……びっくりしました。まさか……先生が同じことしてたなんて」

「軽蔑した？」

「そんなことありません！　逆に……うれしいかも」

「うれしい？」

「なんか、先生がすごく身近に感じられる気がして」

再び恋慕の情を言外に匂わせると、美咲は優しく抱きしめてくれた。

「自分一人で悩んでないで、これからは何でも相談してちょうだい」

「はい……あ」

またもや唇を奪われ、かぐわしい吐息が吹きこまれる。歯茎や口蓋を舐めまわされ、二枚の舌がひとつに溶けるや、熱病患者のごとく頭が朦朧とした。

（あぁンっ……先生、好き、大好きです）

恋の喜びに胸が弾み、女性ホルモンが活性化する。えも言われぬ高揚感に浸ったものの、今度はただのキスだけで終わらなかった。

しなやかな指先がバストの頂点を引っ掻き、悦楽の微電流が脊髄を駆け抜ける。意識せずとも膣の狭間から愛の泉が溢れだし、乳丘をやんわり揉みしだかれれば、全身が心地いい浮遊感に包まれた。

「あ、ふぅンっ……せ、先生」

肌がしっとり汗ばみ、脳の芯が甘く疼く。すべすべの手が太腿に下り、ゆっくり撫でまわされる。

プリーツスカートの裾が捲られると、心臓がバクンと大きな音を立てた。

（あ、や、やぁっ）

不道徳な行為がいやなのではない。感じていることを知られるのが、恥ずかしかったのだ。

口を塞がれた状態では拒否できず、腰をよじろうにも力が入らない。少女の不安をよそに、指先は内腿沿いを這い、プライベートゾーンに向かって突き進む。

（だ、だめっ）

慌てて足を閉じたものの、指はひと足先に女の中心部をとらえ、亜矢香は快感と羞恥の狭間《はざま》で煩悶《はんもん》した。

4

「う、うふっ」

官能電流が股間の中心を走り抜けると、少女は唇をほどきざま熱い吐息を放った。

パンティの上からとはいえ、指先は肉芽を的確にとらえている。

熱い潤みは絶え間なく湧出《ゆうしゅつ》し、すでに布地から滲みだしているに違いない。

「せ、先生……だ、だめです」

「あら、何がだめなの？」

「だ、だって……あ、ふンっ！」

同性だけに性感ポイントを知り尽くしているのか、指は軽やかな動きを繰り返し、性的な昂奮を極みへと導いていった。

「ほら、もっと足を広げなさい」

「あ、やンっ」

左足を逆側に押しだされ、無理やり大股開きをさせられる。

スカートが捲れ、Vゾーンが露《あらわ》になると、パンティに浮かんだ淫らなシミがいやでも目に入った。

「あらあら、もうこんなになっちゃって」

「あ、やっ、やぁン」

「ふふっ、かわいいわ……食べちゃいたいくらい」

「あ、先生！」

美咲はコットン生地の裾から指を忍ばせ、女陰に直接刺激を与える。

突然の出来事に驚嘆したのも束の間、強大な快感が恥部から脳天を突き抜け、亜矢香は身を反らして高らかな嬌声をあげた。

「ひ、やぁあぁっ」

「や、じゃないでしょ？　ほら、もうこんなにぬめりかえって」

「ひっ、ひっ、ひっ」

まともな息継ぎができず、怯えた表情で股間を見下ろせば、ショーツの下の指が繊細な動きを繰り返す。

若芽をくじられるたびに官能の世界に導かれ、快楽のほむらが瞬時にして全身に飛び火した。

自分の指とは比較にならぬ悦楽に戸惑う一方、性感がとどまることを知らずに上昇のベクトルを描く。

体内の熱気は早くも沸点に達し、思考が煮崩れした。

「はあっ、ンうぅっ、やぁあっ、ふわぁ」

上半身が左右に揺れ、腰が勝手にくねりだす。内腿がピクピクと痙攣し、鼠蹊《そけい》部の筋がピンと浮き立つ。

亜矢香は両足を狭めることすらできず、大股を開いたまま淫らな指技を享受《きょうじゅ》した。

「やぁあっ、やぁあ、やぁああぁっ」

シーツに爪を立てて快美に抗うも、指先はさらに苛烈な動きを見せ、クリットを休むことなくこねくりまわす。

「ンっ、ンっ!?」

目の前がボーッと霞みだし、めくるめく愉悦が脳裏を覆い尽くした。切ない痺れが子宮を灼き、情欲の戦慄に身震いした。

「あ、あ、あ……」

「いいわよ、イッちゃっても」

「く、ひっ！」

肉芽をピンピンと弾かれた瞬間、少女は呆気なく絶頂への螺旋《らせん》階段を駆けのぼった。

甘美な陶酔のうねりが何度も押し寄せ、全身が宙に舞いあがる感覚に包まれる。

桃源郷に旅立った亜矢香はベッドに倒れこみ、腰をビクビクとひくつかせた。

今は何も考えられず、幸福感と満足感を心ゆくまで味わう。

美咲がベッドから下り立ち、中腰の体勢からパンティを引き下ろしていることさえわからなかった。

純白の布地が足首から抜き取られ、両足をM字開脚させられる。

「まあ……きれいだわ。まるで、百合の花を見てるみたい」

「ン、ンぅ」

美しい声音を遠くで聞きながら目を開ければ、はしたない恰好をしていることを認識し、すぐさま我に返った。

「あ、だめっ、だめです」

慌てて足を閉じようとしたものの、美咲は内腿に両手を添えて阻止し、熱い眼差しを羞恥の源に注ぐ。

「せ、先生、恥ずかしいです！」

裏返った声で心情を告げた直後、凄まじい快楽が秘めやかな箇所に炸裂した。

「い、ひぃぃっ！」

唇の狭間から差しだされた舌がスリットを舐めあげ、敏感な箇所をツンツンつつく。続いて窄めた唇で吸いつかれるや、意識せずともヒップがバウンドした。

「やっ、やっ、先生、やめてください、汚いです！」

今日は朝から気温が高く、汗をたっぷり掻いているのだ。

もちろんシャワーは浴びていないため、デリケートゾーンは蒸れに蒸れている。

胸が張り裂けそうな羞恥に涙ぐむも、肉粒を甘嚙みされたとたん、愛欲の炎に身を包まれた。

「あ、やっ、やっ、やぁぁあぁぁっ！」

悦楽の奔流に足を掬《すく》われ、総身を揺すりたてる。熱い塊《かたまり》が迫《せ》りあがり、脳内が白い輝きに塗りつぶされる。

身も心も掻きまわされ、亜矢香はあっという間にエクスタシー寸前まで導かれた。

「あ、あ……せ、先生」

「ふふっ、いいのよ。イキたいなら、遠慮せずにイッても」

美咲は女芯から口を離し、おっとりした口調で絶頂を促す。そして陰核を指でつまみ、クリクリとあやしつつ愛の言葉を投げかけた。

「ホントはね、初めて会ったときから、あなたのこと大好きだったのよ。これから、もっともっと気持ちよくしてあげるから」

「せ、先生っ！」

最初から相思相愛だったという事実に胸が熱くなり、愛情に裏打ちされた喜びが性感をさらに高める。

快感が二倍にも三倍にも増幅し、肉体が昇天に向けて狂おしい痙攣を開始した。

指先がくるくると回転し、クリットをあやしてはくじる。空いた手で乳頭をまさぐられ、背筋を火柱が何度も走り抜ける。

「ン、ンっ、ンっ！」

「あなたのかわいい姿、先生にたっぷり見せて」

「あ、やっ、ン、はぁあぁぁっ！」

一条の光が身を貫いた瞬間、亜矢香は涙をぽろぽろこぼしながら官能の頂点を極めていった。

第四章　かぐわしい下着の匂い

1

六時間目の体育は、今年最後のプール授業だった。

首にスポーツタオルをかけたままプールサイドに腰を下ろし、クラスメートらが泳ぐ姿をぼんやり見つめる。

童貞喪失から三日が過ぎ、皓太の性衝動は収まるどころか、ますます加速した。

女の身体を知ったことで、性的な好奇心は膨らみつづけ、さらなる過激な体験を味わいたい欲求に衝き動かされた。

すぐにでも美咲とただれた関係を結びたいのだが、彼女は生理期間に入ったため、いやでも我慢せざるをえない。

（生理って、どれくらいで終わるんだろ。一週間経てば、大丈夫なのかな？）

中学二年では女性の身体の仕組みなど知るよしもなく、悶々とした気持ちに翻弄される。

心配しなくても、生理が終われば、彼女のほうから誘いがあるのではないか。

都合のいい思いこみに縋《すが》りつき、二度目の情交に期待を寄せた。

（それにしても……気持ちよかったなぁ）

夢にまで見たバキュームフェラに童貞卒業と、背徳的な課外レッスンは性の悦びと感動を与えてくれた。

プレゼントされたショーツの存在が、女教師と肌を重ね合わせた事実を如実《にょじつ》に物語る。この三日間、美咲の分身をおかずにどれほどの欲望をぶつけたことか。

思いだしただけで下腹部に血液が集中し、ズボンの下のペニスが重みを増した。

（明日から禁欲しよ。そして来週は、またエッチなことしてもらうんだ。おマ×コをじっくり観察して、今度はお掃除フェラをしてもらって……あぁ、楽しみすぎる）

火のついた淫情は激しく燃えさかり、勃起が萎える気配はまったくない。

水着姿だけに、テントを張れば、クラスメートに欲情を悟られてしまう。

焦った皓太は身を丸め、足を引き寄せて股間を隠した。

（や、やばい、もうすぐ俺が泳ぐ番なのに……なんとかしないと）

いかがわしい妄想を頭から振り払い、誰かに気づかれているのではないかとあたりを見渡す。逆側のプールサイドに佇《たたず》む亜矢香の姿が目に入ったとたん、鎮火しかけた性欲がまたもや燃えさかった。

（ああ、亜矢香ちゃんの……水着姿だ）

紺色のスクール水着が初々《ういうい》しく、小高いバスト、なだらかな腰まわり、すらりとした足、さらには小判形の恥丘の膨らみに目が釘づけになる。

ぷっくりした乙女の園から目が離せず、頭に血が昇りすぎてクラクラした。

（はあはあっ……美咲先生もいいけど、やっぱ亜矢香ちゃんも捨てがたいよな）

スマホがあれば、水着姿を激写しておきたいのだが……。

（いや、たとえスマホがあったとしても、盗撮はできないんだよな。美咲先生と約束したんだから。でも……）

年上のお姉さん相手に大人の関係を築き、これからは悶々とする必要はないのだ。わかってはいても、倒錯的な性嗜好は簡単に捨てられず、できれば美少女とも淫らな契《ちぎ》りを交わしたい。

（む、無理だよ。亜矢香ちゃんともエッチするなんて……あぁ、おマ×コどうなってるんだろ。見たい、匂いも嗅いでみたいよぉ）

美咲のショーツから香っていた芳香が頭を掠《かす》めた瞬間、皓太はある事実に気づいた。

（ま、待てよ）

屋内プールに隣接する小さな建物、女子更衣室を思いだして胸を高鳴らせる。

正面扉は鍵をかけているはずだが、裏手にある通気口代わりの小さな窓は開けっ放しなのではないか。

美少女の生下着が頭から離れず、いてもたってもいられなくなる。美咲との約束が忘却の彼方に吹き飛び、猛々しい牡の淫情が理性やモラルを蝕んだ。

（プールの授業は今年最後だし……どうする？）

亜矢香の容姿を眺めているあいだ、分水嶺が次第に本能へと溢れだしていく。

（や、やるんだ！　チャンスは今日しかないぞ）

意を決して腰を上げ、腹部を押さえながら体育教師のもとにふらふら歩み寄る。

「せ、先生」

「ん、どうした？」

「ちょっとお腹が痛いんですけど、トイレに行っていいですか？」

いかにもつらそうな表情を装うと、厳つい顔の男性教師は心配そうに問いかけた。

「あぁ、かまわんが……一人で行けるか？」

「あ、はい、大丈夫です」

「なんだったら、保健室で休んでもいいからな」

「す、すみません」

頭をペコリと下げ、上履きを履いてから屋内プールの出入り口に向かう。幸いにも、彼は教え子の言い分に不審は抱かなかったようだ。

（やるっ、やるんだ！　亜矢香ちゃんのパンティを手に入れるんだ！）

やる気を漲《みなぎ》らせた皓太は、目を野獣のごとくぎらつかせた。

2

（出入りするときに、いちばん注意しないと）

あたりを見まわした皓太は、人影がないことを確認してから小さな建物の裏側に向かった。

細い砂利道を音を立てずに歩き、突き当たりの金網の手前で女子更衣室を仰ぎ見る。

（や、やった窓が開いてる！）

しかも校舎からは完全に死角になっており、幸運の連続に気が昂った。

窓は地面から二・五メートルほどの高さにあり、人が一人通れるほどの大きさだ。

金網の向こうは緩やかな山の斜面に雑木林が広がっており、第三者に目撃される可能性は限りなくゼロに近いと思われた。

（普通なら窓枠に手が届かないけど、金網をよじ昇っていけば……）

運動神経のない自分に、軽業《かるわざ》師並の芸当ができるだろうか。

不安はあるものの、中止の選択肢はかけらもない。美少女の生下着は、それほど大きな魅力を秘めているのだ。

皓太は金網に手と足をかけ、慎重に這いのぼった。

（ぐずぐずしてる暇はないぞ。パンティを盗んだら、速攻で更衣室をあとにしないと、それだけ見つかる危険性が増すんだから）

もちろん、更衣室の中で自慰行為に耽るわけにはいかない。もし女子の誰かが忘れ物を取りにきたら、一巻の終わりなのだ。

（あと……もうちょっと）

金網と更衣室との距離は、およそ一メートルほど。皓太は手を伸ばし、金網を蹴って窓枠に飛びついた。

「ぐ、くっ」

懸垂さながらの姿勢で腕を縮め、首を伸ばして室内を覗き見る。

正面にドア、スチール製のロッカーは見当たらず、左右と手前に格子状の木造りの棚が備えつけられていた。

(荷物が剝きだしの状態で置かれてる。そうか……だから、正面ドアの鍵はいつもかけてるんだ)

真下を見下ろせば、壁に簡易椅子が立てかけられており、おそらくこの椅子を使用して窓の開け閉めをしているのだろう。

(ラッキー! これで、簡単に脱出できるぞ)

皓太は両手に力を込め、反動をつけて壁を一気に駆けのぼった。

(あ、ぐっ……キ、キツい、あ、たっ!)

肘を窓枠にぶつけ、激しい痛みに顔をしかめるも、たじろいでいる暇はない。なんとか窓を乗り越え、床に飛び下りると、今度は足首に激痛が走った。

(ぬ、くうっ……悪いことをしてるんだから、これくらいの罰を受けるのは仕方ないよな)

気持ちを切り替え、さっそく木造りの棚を端から確認していく。

亜矢香のスポーツバックは、白に赤のラインとJの文字が入っている。

(ん……これか？)

足を止め、あたりをつけて引っ張りだせば、何度も目にした彼女のバッグに違いなかった。

(あ、あぁ……この中に、亜矢香ちゃんのパンティが入ってるんだ)

喉をゴクンと鳴らし、震える手でファスナーを開ける。隙間から柑橘系の香りが漂い、ペニスの芯が狂おしいほどひりついた。

お宝の拝見は、男子トイレでするのがベストだろう。今は美少女の下着を盗みだし、一刻も早く女子更衣室をあとにしなければ……。

バッグの中を手探るも、お目当ての私物は見当たらない。

(ど、どこだ、どこにあるんだ！)

焦りを感じはじめた頃、薄桃色のポーチが目に入った。

(こ、これか？)

心臓が拍動を打ち、脇の下がべっとり汗ばむ。

チャックを開けたとたん、純白のコットン生地が神々《こうごう》しい輝きを放ち、皓太はしたり顔でほくそ笑んだ。

（フ、フリルがついてる！　間違いない、亜矢香ちゃんのパンティだっ！）

すかさず布地を引っ張りだせば、湿り気と温もりが仄かに伝わる。

戦利品を手にした以上、もはやこの場所に用はない。皓太はバッグを棚に戻し、首にかけていたスポーツタオルでパンティを包んだ。

壁際の椅子を窓の下に移動させ、座面に足をかけてジャンプする。

「くっ」

窓の外に顔を出して左右を確認するも、予期せぬ異変は見られない。

少年は片足ずつ窓枠を乗り越え、後ろ向きの体勢から足を伸ばした。

地面には雑草がびっしり生えており、この高さなら足をくじくことはないはずだ。

（怖がってる暇はないぞ。こんなとこ見つかったら、どんな言い訳も通用しないんだから）

まなじりを決し、息を大きく吐いてから窓枠を摑んでいた手を離す。

地面に無事下り立ち、達成感にしばし浸った皓太は建物の陰から校舎の様子をうかがった。

授業中だけに、人の姿はいっさい見られない。このまま男子トイレに飛びこめば、犯罪行為は完遂し、一〇〇パーセントの安全を確保できるはずだ。

（とりあえず、一階の隅にあるトイレに向かおう）

スポーツタオルを握りしめ、もう一度あたりを見渡してから女子更衣室をあとにする。通路に戻り、校舎の通用口をくぐり抜けたところで後ろを振り返るも、やはり人の姿はどこにもなかった。

ようやく安堵の胸を撫で下ろし、早足で男子トイレに向かう。

（あと、もう少しだ！）

緊張が和らぎはじめると同時に、性的な昂奮が頭をもたげる。

自分は今、亜矢香が直穿《じかば》きしたパンティを手にしているのだ。あこぎな欲望が腰の奥で渦巻き、ペニスが突っ張りすぎて歩きにくいことこのうえなかった。

トイレに足を踏み入れ、個室に飛びこみ、内鍵をかけてから額に滲んだ汗を手の甲で拭う。

（これで、安全だ。やった……ついにやったんだ）

足はいまだに震えていたが、幸福感に自然と頬が緩んだ。

後悔や罪の意識はかけらもなく、今は美少女のふしだらな私物を手に入れた喜びのほうが遥かに大きい。

スポーツタオルを開いて丸まった下着を取りだし、背筋をゾクゾクさせる。

（亜矢香ちゃんのパンティ……ほ、本当に俺のものになったんだよな）

皓太はタオルを扉のフックに掛け、いまだに湿り気を帯びた布地を広げていった。

フロントの上部に小さな赤いリボンをあしらった下着は、まさしく中学生の女子が穿く代物だ。

腰の奥が甘ったるくなり、ふたつの肉玉がクンと持ちあがる。

目を充血させた少年はパンティの上縁に指を添え、ゆっくり広げながらクロッチを覗きこんだ。

3

（あ、ああっ⁉）

あまりの衝撃と驚きに、空いた口が塞がらない。布地の船底にへばりついた汚れは、美咲のそれとは比較にならぬほど凄まじいものだった。

ハート形にスタンプされたグレーのシミ、中央に走るレモンイエローの縦筋、周囲には粘液の乾いた跡や白い粉状のカスがこびりついている。

（マ、マジかよ）

清楚で可憐な美少女が、まさかこれほど下着を汚すとは……。

眼下の光景を愕然と見つめるも、清らかなイメージとのギャップに胸が騒ぎだす。

高嶺《たかね》の花を自分のレベルまで落としたような満足感に、皓太の口元は徐々にほころんだ。

どんなに魅力的な少女でも、ふしだらな分泌液で下着を汚すものなのだ。

「はあはあ、はあぁっ」

今度は性的な昂奮がぐんぐん増し、水着の中のペニスが完全勃起を示す。

ウエストの紐をほどいて紺色の布地を引き下ろせば、すでに鬱血した肉棒がバネ仕掛けのおもちゃのごとく跳ねあがった。

「お、ふっ」

すぐにでもしごきたい欲望を抑えこみ、パンティの外側から股布を押しあげ、秘めやかなクロッチを剝きだしにさせる。鼻を近づけただけでツンとした刺激臭が鼻腔を掠め、怒張がひと際いなないた。

（こ、これが……亜矢香ちゃんのおマ×コの匂い）

さらに顔を寄せ、やや緊張の面持《おも》ちで嗅覚を全開にさせる。

「う、うおっ」

プルーンにも似た香気に混じり、生々しい乳酪臭が鼻腔粘膜にへばりつくと、皓太は心の中で快哉《かいさい》を叫んだ。

（すごい、すごいぞ！）

手にした至高のお宝に歓喜し、腰をもどかしげにくねらせる。

かぐわしい恥臭をムンムン放つパンティは、まさしく美少女の化身なのだ。

鼻をひくつかせるたびに脳幹が麻痺し、目が虚ろと化していく。

皓太はクロッチに鼻面を押し当て、亜矢香の体臭を胸いっぱいに吸いこみつつ剛槍を握りこんだ。

（く、くおっ）

異様なシチュエーションが多大な昂奮を喚起させ、青筋がドクドクと逞しい脈を打つ。軽くしごいただけで、あっという間に頂点に導かれてしまいそうだ。

（あぁ、やばい……なるべく刺激を与えないように触るしかないや）

少年は下腹に力を込め、裏茎の芯を指腹で優しく撫でさすった。

同時に舌を出し、汚れの付着した箇所をそっとなぞれば、ショウガにも似たピリッとした刺激が走る。

（はふっ、はふうっ）

亜矢香の恥芯を直接舐《ねぶ》っている錯覚に陥り、いかがわしい妄想が次から次へと頭に浮かんだ。

苦悶の表情を浮かべる彼女の股を開き、陰部に唇を押しつけ、舌先をハチドリの羽根のように跳ね躍らせる。

赤らむ目元、色っぽい吐息、くねりはじめた柳腰。幻影が脳裏を駆け巡り、やがて昂奮のパルスが身を焦がした。

「ああ、亜矢香ちゃん」

鼻をくんくん鳴らし、美少女のふしだらな媚臭を心ゆくまで満喫する。

（やっぱり、やりたい……亜矢香ちゃんと、おマ×コしたいよぉ）

年上の女性と大人の関係を築いたことで、少年の欲望は必然的にこれまでとは次元の違う高みを求めた。

今の自分は、紛れもなく他の未熟な男子とは一線を画しているのだ。

美咲と禁断の関係を続けていれば、異性に対しての余裕と免疫が生じ、いずれは亜矢香にも積極的にアプローチできる日が来るのではないか。

美少女をリードし、バージンを奪う光景を思い浮かべた瞬間、少年はまたもや刺激的なアイデアを思い浮かべた。

（そ、そうだ！　亜矢香ちゃんのパンティ、穿けないかな？）

女陰を包みこんでいた箇所をペニスに押し当てれば、彼女との一体感を具現化できるのではないか。

素晴らしい思いつきに狂喜し、さっそく自分の水着を下ろしはじめる。

これからの自慰行為のおかずにするためにも、亜矢香の私物は汚したくない。

皓太は脱いだ水着を便器の上蓋に置き、パンティのウエストをゆっくり広げた。

クロッチの汚れを再び目にし、はあはあと息を荒らげる。

純白の布地に片足ずつ通していけば、あまりの昂奮から肉棒が激しくしなった。

（このまま引きあげれば、間接的に亜矢香ちゃんのおマ×コが俺のチ×ポと重なり合うんだ）

手に力を込めて引っ張ったものの、パンティは無情にも太腿の中途で引っかかる。

「う、嘘……マジ？」

皓太は身長一六〇センチと、小柄で痩せている。

亜矢香の体形とはそれほど変わらないはずなのだが、男子と女子では骨格からして作りが違うのだろう。

それでも無理をすれば、決して穿けなくはなさそうだ。

皓太は足をピタリと閉じ、内股の体勢から布地を慎重に引きあげた。

(イケる……イケそうだぞ)

下腹部への到達まで、あと五センチほど。生唾を飲みこんでから一気に持ちあげれば、湿ったクロッチが陰嚢に触れ、倒錯的な状況に全身の血が逆流した。

「す……すごい、亜矢香ちゃんのおマ×コが、俺のチ×ポに……あれ?」

生毛を逆立てた直後、もどかしげな表情で股間を見下ろす。

少女の布地はペニスを覆い隠せず、胴体の二分の一が上縁から突きでていた。

「パンティって、こんなに小さいんだ。でも……」

鈴口からは大量の先走りが溢れており、この状態なら下着を汚す心配はない。ぬっくりした感触を陰嚢に受けているだけでも、皓太は十分な満足感に腰を震わせた。

「あぁ……き、気持ちいい……女の子のパンティって、こんなに柔らかいんだ。もう我慢できないよ」

強靭な芯が入った裏茎を、手のひらでそっと撫でてあげてみる。とたんに総身が粟立ち、牡の淫情が自分の意思とは無関係に火山活動を始めた。

白濁のマグマが睾丸の中でうねり、深奥部が甘美な鈍痛感に包まれる。

至福の時間を少しでも長く味わいたいが、射精欲求をまったく抑えられない。

「あ、あ……亜矢香ちゃん、亜矢香ちゃん」

美少女との甘いひとときを妄想しながら、皓太はペニスを激しくひくつかせた。

鼻奥に微かに残る刺激臭が、脳幹をビリビリ震わせる。雁首を軽くなぞりあげれば、脳髄まで蕩けそうな快美が次々と襲いかかる。

（あ、イクっ、イクっ）

放出願望を自制できぬまま、恍惚の表情を浮かべた少年はトイレの壁に向かって大量のザーメンを迸《ほとばし》らせた。

4

（あぁ、気持ちよかった）

トイレットペーパーで精の残骸を拭き取った皓太は、とろんとした顔で大きな息を吐いた。

気持ちはさっぱりしたものの、ペニスはいまだに硬直を維持している。

どうやら蒼い欲望は、一回きりの放出では満足しないらしい。

手の中の美少女の私物は、それほど多大な昂奮を与えたのだ。

（このパンティ、もう俺のものだもんな）

今日は速攻で帰宅し、亜矢香の分身に思いの丈をいやというほどぶつけよう。

胸がワクワクし、皓太は童貞喪失に下着の窃盗と、ラッキーの連続に破顔した。

美少女の下着を丁寧に折りたたみ、スポーツタオルで包んで小脇に抱《かか》える。

（いったん教室に戻って、パンティを鞄の中に入れるんだ）

おそらく亜矢香は、羞恥心から下着の紛失は口外しないだろう。

皓太が屋内プールをあとにする際、彼女は友人と談笑していたため、犯人の目星はつかないはずで、下着窃盗の事実は永遠に封印されるのだ。

（ぐずぐずしてる暇はないぞ。授業終了まで、あと十分ぐらいしかないはずだ）

チャイムが鳴れば、生徒らがいっせいに教室から出てくる。

水着を着た男子が一人で廊下を歩いていれば目立つし、できれば人目につきたくない。皓太は個室を飛びだし、トイレのドアを薄めに開けて廊下側の様子を探った。

（大丈夫だ……やっぱり誰もいない）

安心感を得たところでトイレをあとにし、廊下の端に向かって全力疾走する。

勢いよく角を右に折れた刹那、階段を下りてきた人物が出し抜けに目の前を遮った。

「う、うわっ」

すんでのところでよけたものの、バランスを崩して床にダイビングする。

「きゃっ」

女の悲鳴が響くなか、皓太は頭からすべりこみ、スポーツタオルが手からこぼれ落ちた。

「あ、つつっ」

「何してるの、あなた」

声の主は紛れもなく美咲で、想定外の出来事に血の気が失せたが、呆然としている暇はない。

なんとしてでも、この場を切り抜けねば……。

(ど、どうしよう……言い訳が思いつかない……あっ、タ、タオルは!?)

四つん這いの体勢からキョロキョロした直後、驚きに心臓が凍りつく。

タオルは美咲の足元にまで飛び、布地のあいだから純白の生地が微かに覗き見えていたのだ。

(や、やばいっ!!)

慌てて手を伸ばすも、彼女はひと足先に身を屈《かが》めてタオルを拾いあげ、無情にもパンティが床にはらりと落ちた。

「あ、あ……」

女教師が眉間に皺を寄せ、怪訝《けげん》な眼差《まなざ》しを落下物に注ぐ。

まさに、天国から地獄に真っ逆さま。身を強《こわ》ばらせた皓太は、あまりの恐怖に歯をガチガチ鳴らした。

第五章　屈辱と愉悦の禁断仕置き

1

（やっぱり……悪いことはできないんだな）
美咲と保健室に向かう皓太は、死刑台への階段を昇る罪人のような心境だった。
犯罪行為は二度としないと誓ったのに、約束をあっさり破ってしまったのである。
彼女は今、何を思うのか。
激しい怒りか、それとも呆れているのか。
いずれにしても、下着窃盗は盗撮よりも悪質なのは明白で、生活主任に報告された
ら親の耳に入るのは避けられないだろう。

「さ、入りなさい」

「は、はい」

保健室の扉が開き、室内に促されるも、怖くて美咲の顔が見られない。

おずおずと足を踏み入れたところで授業終了のチャイムが鳴り響き、これから待ち受ける事態に身の毛がよだった。

「椅子に座って」

丸椅子に向かって夢遊病者のごとく歩み寄り、白茶けた顔で腰を下ろす。

美咲は事務机にパンティを包んだタオルを置き、腕組みをして仁王立ちした。

「説明してちょうだい。この下着、いったい何なの？」

「あ、あの……」

「どう見たって、女子のものよね」

女子更衣室に忍びこんで盗んだとは言いづらく、さりとて拾ったはあまりにも無理がある。苦渋の色を浮かべた直後、保健室の扉がノックされ、皓太はびっくり顔で肩を竦《すく》めた。

「笠原《かさはら》です。里村という生徒、こちらに来てませんか？」

体育教師のお出ましに唇が青ざめ、両足がガクガク震える。

「は、はい」

美咲はすぐさま出入り口に向かい、引き戸を開けて対応した。

「来てますよ。腹痛が治らないみたいで、薬を飲ませたところです」

「そうですか……おい、大丈夫か？　トイレには行ったのか？」

笠原の問いかけに、今は頷《うなず》くだけで精いっぱいだ。

彼は生徒指導に厳しく、パンティの件を知ったら、雷を落とすぐらいでは済まないはずで、今の皓太はまさにまな板の鯉と同じだった。

「ううむ、顔色が真っ青だな」

「ええ、しばらく様子を見てみますので」

「そうですか。それじゃ、よろしくお願いします」

幸いにも、笠原は不審を抱かずに話を終わらせ、保健室の前から姿を消す。

美咲は、なぜ内緒にしてくれたのか。心の内は推し量れないが、扉と内鍵が閉められると、全身の毛穴から汗が噴きだした。

とりあえず最大の危機は脱し、安堵からぐったりしてしまう。

「さ、ゆっくり話を聞かせてもらおうかしら」

「……あ」

ホッとしている余裕などあろうはずもなく、女教師がゆっくり近づき、冷ややかな態度で見下ろす。彼女が椅子に腰かけても顔を上げられず、皓太は蛇に睨まれた蛙のように身を縮ませた。

「この下着、どうしたの？」

「そ、それは……」

この期《ご》に及んで隠し通せないとはわかっていても、やはり言いづらい。

「だんまりを決めこむなら、担任の先生に報告するしかないわよ」

「い、言います！」

美咲が事務机に置かれた電話に手を伸ばすと、少年はやるせない顔で決断した。

「ちゃんと白状しなさい。嘘は通じないわよ」

上目遣いに様子を探れば、彼女はいつになく厳しい表情をしており、三日前の優しい面影は影もかたちもなかった。

「ご、ごめんなさい」

あまりの情けなさから涙が溢れ、鼻を啜《すす》りあげる。

「本当に……すみませんでした」

「謝ってるだけじゃ、事情がわからないわ。どうしたのって、聞いてるの」

「ぬ、盗んだんです」

「どうやって？　どこから？」

皓太は嗚咽を洩らしつつ、下着窃盗の経緯をとつとつと語った。

腹痛を装い、プールの授業を抜けだしたこと。女子更衣室の裏手にある窓から侵入し、お目当ての女子の下着を失敬してしまったこと。

今さらながら罪の意識が津波のごとく押し寄せ、身が小刻みに震える。

「この下着の持ち主、ひょっとして……」

美咲には、亜矢香の盗撮画像を見られてしまった。コクリと頷けば、長い沈黙の時間が流れ、重苦しい雰囲気が漂う。

「驚いたわ……まさか女子更衣室に侵入したなんて。誓ったわよね？　悪いことは二度としないって」

「は、はい」

日も浅いうちに約束を反故にしたのだから、憤怒するのは当然のことだ。

「部活している姿を無許可で撮ったのとは、全然次元の違う話よ」

返す言葉もなく俯くなか、深い溜め息が聞こえ、生きた心地がしなかった。

美しい女教師は、どんな判断を下すのだろう。

見逃してくれるのか、それとも告発するのか。これからの人生を左右する選択だけに、心臓を鷲掴みにされたような恐怖に駆られる。

しばしの間を置いたあと、美咲は椅子から立ちあがり、皓太の肩に手を添えた。

「……いけない子ね」

「ご、ごめんなさい！　先生との約束は、二度と破りません!!」

「二度あることは三度ある、って言うわ……しっかり、お仕置きしとかないと」

「……へ？」

「立って」

もしかすると、美咲は体罰を与えるつもりなのかもしれない。

親にも殴られたことはないため、恐れおののくのも無理ないが、それで目を瞑《つぶ》ってくれるのなら、ありがたい愛のムチになるのではないか。

（そうだよ……ビンタされるぐらい、どうってことないよ）

納得げに頷き、椅子から恐るおそる腰を上げる。顎を引き、奥歯をギュッと嚙みしめるも、女教師はなぜか薬品棚に向かって歩きだした。

「ベッドに行って」

「……は？」

「四つん這いの体勢で、待ってなさい」

「あ、あの……」

「早く」

言葉の意味がわからぬまま呆然とするも、再び促《うなが》されると、皓太はそそくさと簡易ベッドに向かった。

(四つん這いって、いったい何をするんだ?)

ふと、母親が子供の尻を叩いて叱責する光景を思い浮かべたが、自分は中学二年である。

首をひねりつつベッドに這いのぼり、指示どおりの体勢で様子をうかがう。

美咲は薬品棚の扉を開け、何かを探っているようだ。

先の展開が読めず、どす黒い不安が増していく。

青白い顔をした皓太は、悪夢の時間が早く過ぎ去るよう、ひたすら願うことしかできなかった。

2

「パンツは、脱ぎなさい」

「……え」

案の定、女教師は臀部に体罰を与えるつもりなのだ。

(恥ずかしいけど、仕方ないか。それで見逃してくれるなら……)

皓太は水着の腰紐をほどき、紺色の布地をためらいがちに下ろした。

「全部、脱ぐのよ」

「は、はい」

言われるがまま水着を足首から抜き取り、尻を余すことなくさらけ出す。

羞恥と屈辱にまみれるも、今の自分に拒絶する権利はない。

ベッドに肘をついて待ち構えるなか、薬品棚の扉を閉める音が聞こえ、美咲の足音がゆっくり近づいてきた。

口の中に溜まった唾を飲みこみ、拳を握りしめて力を込める。

「坂口さんのパンティ盗んで、何したの？」

「あ、あの……」

「ただ、盗みだしただけじゃないわよね。あなたが走ってきたの、女子更衣室のある方角じゃなかったわ。廊下の途中にトイレがあったけど、寄ったんでしょ？」

「あ、つまり、それは……くうっ！」

パシーンと臀部を叩く音が高らかに鳴り響き、錐《きり》で刺したような痛みに身をよじる。

「全部、正直に話しなさい」

「は、はい……パンティの中を……覗きました」

「それから？」

「ほ、ほんのちょっと……匂いを嗅いで……あ、くっ！」

再び尻たぶに平手を張られ、皓太は激痛に歯を剝いた。

「そのあとは、どうしたの？」

「はあはあ……パ、パンティを穿きました。それから……おチ×チンをしごいて、その、射精……しました……かっ！」

バシッバシッと二連発のビンタが炸裂し、あまりの痛みに涙ぐむ。

情けない思いをとことんさせることで、罪の重さを認識させようとしているのかもしれない。

（あぁ……お尻がヒリヒリする）

肩で息をしながらシーツを引き絞れば、今度は意外な質問に目を丸くした。

「私のショーツだけじゃ、満足できなかったというわけね」

「……は？」

「やっぱり、好きな女の子のほうがよかったということでしょ？」

正確に言えば、美咲の淫らなプレゼントが倒錯的な欲望に火をつけたのだが、本心を告げられるはずもなく、皓太は困惑げに口を引き結んだ。

「まあ、いいわ……悪いことをしたのは事実なんだし、その報いはちゃんと受けないとね」

「あ、ああっ！」

情け容赦ない往復ビンタの嵐を臀部に受け、後悔に涙がこぼれ落ちる。

やがて神経が麻痺しだしたのか、痛みを感じなくなり、同時に不可思議な感覚が下腹部を覆っていった。

打擲《ちょうちゃく》の振動が男の分身にじわじわ伝わり、妙な心地よさに脳幹が桃色に染められる。

気がつくと、股ぐらの凶器はぐんぐん膨張し、下腹にべったり張りついた。

（あ、ど、どうして……？）

訳がわからずに呆然とするも、ペニスは意に反して鉄の棒と化す。

まさか、仕置きを受けている最中に欲情してしまうとは……。

美咲に知られたら、とても反省しているとは思われず、さらなる怒りを買うのは火を見るより明らかだ。

（や、やばい、やばい……鎮まれぇっ！）

精神統一を試みるも、怒張は萎える気配もなく、隆々とした漲《みなぎ》りを誇った。

男性器の異変を察知したのだろう。平手の打ち下ろしが止まり、女教師の呆れた声が耳に届く。

「あら……やだわ。おチ×チン、おっきくさせてるじゃないの。どういうこと？」

「くっ、くっ」

「トイレで出したばかりなんでしょ？　それなのに、お尻を叩かれて勃起しちゃうなんて。あなたが、まさかこんなに変態だとは思わなかったわ」

侮蔑《ぶべつ》の言葉を投げかけられても、何も言い返せない。情けなさから口をへの字に曲げるや、美咲はやけに落ち着いた口調で言葉を続けた。

「どうやら、普通のお仕置きじゃ、意味ないみたいね。いいわ、これからは先生がち

今はもう、抵抗感や生理的嫌悪は微塵もない。

獰猛《どうもう》な精力と若々しい肉体は、性的な好奇心と欲求を何度も甦《よみがえ》らせるのだ。

美咲は指の抽送を繰りだしつつ、左手でザーメンと我慢汁にまみれた肉筒を握りしめた。

「は、おおぉぉっ」

にっちゅくっちゅと、剛直を根元から先端までしごきまくられ、息の長い快美に思考が煮崩れする。

(ああ、おかしくなっちゃう、おかしくなっちゃうよぉ)

二度も放出しているのに、指先が前立腺を刺激するたびに青筋が脈打ち、皓太は大口を開けて咆哮《ほうこう》した。

「はあ、イクっ、イッちゃいます!」

「あら、またイッちゃうの? 少しは我慢できないのかしら」

「だって、気持ちよすぎて……あ、くうっ」

美咲が微笑をたたえ、手首を返して胴体をギューッと絞りあげる。

とたんに脳裏で白い光が明滅し、少年は呆気なく三度目の噴流を見せつけた。

牡のリキッドがびゅっびゅっと放たれ、自身の首筋から胸元を白濁に染めていく。

「まあ、すごいわ……まだこんなに出るなんて」

女教師の呆れた声を聞きながら、皓太は残るありったけの欲望を体外に排出した。

ほんの二十分のあいだに、三回も放出するのは初めてのことだ。

射精の回数が多くなるほど快楽は薄らいでいくのだが、アナル感覚は少しも緩まずに至高の愉悦を肉体に吹きこむ。

「あふっ、あふっ」

少年は臀部をバウンドさせ、恍惚の表情から官能の淵瀬に沈んでいった。

「全部出た？」

「……あぁ」

今は精も根も尽き果て、言葉を返すことすらままならない。まさに一滴残らず搾り取られ、悪辣《あくらつ》な性のエネルギーはいやが上にも衰えた。

「ふふっ、ようやく小さくなってきたわ」

美咲は含み笑いを洩らして指を抜き取り、右手の手袋をゆっくり外す。そして事務机に取って返し、ウエットティッシュのボトルとゴミ箱を手に戻ってきた。

「身体、きれいにしてあげるわね。ちょっとひんやりするけど、我慢しなさい」

「あ……うっ」

「すごい量、一枚や二枚じゃ足りないわ」

身体に続いて、ペニスに付着した精液が拭き取られていく。皓太は大股を開いたまま、虚ろな表情で股間を見下ろした。

敏感な箇所に触れられても、今度ばかりはピクリともしない。怒張はみるみる萎え、小さく縮こまった。

「はあはあはあ」

息を整えるあいだ、ゴミ箱が丸められたティッシュでいっぱいになっていく。あたり一面には栗の花の香りが漂い、少年は鼻が曲がるほどの臭気にうろたえた。

「どう？　さっぱりした？」

「は、はい」

「でも、また溜まったら、悪いこと考えちゃうんでしょ？」

「い、いえ……もう、ホントに……しません」

「信じられないわ。三日前も、同じこと言ってたし」

亜矢香に対しての恋慕を消し去ることはできなかったが、告白する度胸もなく、さすがに下着窃盗以外のよこしまな企《たくら》みは浮かばない。

峻烈《しゅんれつ》なアナル感覚を味わい、今は美咲との関係を途絶えさせたくないという気持ちのほうが勝っていた。

(自分でするときの……十倍はよかった。もしかすると、セックスよりも気持ちいいかも。先生に嫌われたら、二度としてもらえなくなっちゃうんだ)

寂寥《せきりょう》感にも似た心情が込みあげ、涙目で許しを請う。

「ご、ごめんなさい。今後、あんなバカなマネは絶対にしません」

「本当ね？　三度目はないから」

「はい、信じてください」

「じゃ、これからは私が厳しく躾けてあげるわ」

「……は？」

「言ったでしょ？　オナニーはいっさい禁止、射精管理するって」

美咲はにっこり笑い、白衣のポケットから赤い細紐を取りだした。

(え……なんだ？)

訝《いぶか》しんだ直後、紐が陰嚢の裏側に通され、二重に括られる。

紐は綿製なのか、肌に食いこんでも痛みは感じない。続いてペニスの根元にもくるくると巻きつけ、軽く締めつけてから蝶結びした。

「痛くない？」

「は、はい……変な感じはしますけど」

「一週間後の金曜……そうね、四時半に来なさい。それまで、外しちゃだめだからね」

「え、い、一週間後ですか⁉」

「あなたが本当に反省してるかどうか、しっかり見届けてあげる」

美人教師はうれしげに呟《つぶや》き、人差し指でペニスの頭をピンと弾く。

拘束されていびつになった牡器官を、皓太は呆然とした顔で見つめていた。

第六章　覗き見たM字開脚

1

（あぁ……もう、勉強が手につかないよ）

授業を終えた皓太は図書室で数学の宿題に取り組んでいたが、まったく集中できなかった。

約束の一週間が過ぎ、律儀《りちぎ》にも美咲との約束は守っている。

精通を迎えてから、これほどの禁欲期間を課したのは初めてのことだ。

萎えている状態なら問題はないのだが、三日目が過ぎた頃から、歩いているだけでもパンツの裏地にこすれたペニスが勃起してしまう。

そのたびにペニスを縛った紐が肌に食いこみ、皓太はキリキリとした痛みに翻弄された。

何度、根元の枷を外そうと思ったか。

すんでのところで思いとどまったのは、彼女から受けた前立腺攻めが忘れられなかったからだ。

我慢に我慢を重ねれば、前回よりも多大な昂奮と快楽を享受《きょうじゅ》できるはず。その一心で、今日という日を指折り数えて待ちわびたのである。

(お尻の穴、すごく……気持ちよかったもんな)

自分の指でも試してみたのだが、保健室で体験した悦楽とは雲泥の差だった。

女教師から受けた行為が脳裏を駆け巡り、禁断の窄みが自然と疼きだす。

ペニスは早くもフル勃起し、ズボンの前部分が大きなテントを張った。

(あ、つつっ)

またもや根元がひりつきだし、険しい顔つきをするも、今では疼痛さえ心地いいと思える自分が不思議だった。

図書室の壁時計は午後四時二十分を過ぎ、約束の時間まであと十分足らず。平静さを装いつつ帰り支度を整えるも、淫らな妄想ばかりが頭を掠《かす》める。

忍び足で図書室をあとにしたとたん、皓太は学生鞄を手に脱兎《だつと》のごとく走りだした。

（つ、ついに、紐を外してもらえる瞬間が来たんだ！）

約束を守りとおしたのだから喜びもひとしおで、胸を張って美咲に会えるのだ。

通用口を走り抜け、脇目も振らずに保健室へ向かって突き進む。

引き戸の前に達したときにはぜいぜいと喘ぎ、顔はすでに汗まみれの状態だった。

無理にでも息を整え、震える手でドアをノックする。

「……はい」

「さ、里村です」

「どうぞ、鍵は開いてるわ」

「し、失礼します」

静かに戸を開けると、美咲は事務机に向かい、書類か何かにペンを走らせていた。

緊張の面持《おも》ちで室内に足を踏み入れるや、彼女は振り向きもせずに指示を出す。

「鍵はかけといて」

「は、はい」

皓太は戸を閉めたあとに鍵をかけ、期待感をひた隠して歩み寄った。

「これで……よしと」

美咲が椅子を回転させて向きなおり、柔らかい眼差しに腰をもじもじ揺する。凛《りん》とした目元にクールな顔立ちと、相変わらず息を呑むほどの美形だ。

「今日は、何の用かしら？」

「……え？」

「私に何か話があって、来たんでしょ？」

「は、はい、あの……」

意地悪な質問に不安になり、昂奮のボルテージが萎んでしまう。

恨めしげな視線を返すと、美咲は口元に手を添えてクスリと笑った。

「ふふ、冗談よ。ちゃんと覚えてるわ。で、約束は守れたのかな？」

「はいっ、守りました！」

意気揚々と答えれば、女教師は意外そうな顔を見せる。

「え？　ひょっとして、まだつけてるの？」

「も、もちろんです」

「ホントはずっと外してて、トイレで縛りなおしてきたんじゃない？」

「そんなことしません！」

「ホントかしら……まあ、いいわ。となりのカウンセリング室に行きましょ」

「……え？」

「防音設備が整ってるから、今度は大きな声を出しても大丈夫よ」

「は、は、はいっ！」

美咲の言葉に、皓太は破顔した。

間違いなく、彼女は淫らなレッスンを教授してくれる。カウンセリング室を使用するということは、前回よりも過激な課外授業が待ち受けているのではないか。

「鞄は、事務机の横に置いておけばいいわ」

「わかりました」

女教師はトートバッグを手に室内の奥に向かい、少年は指定された場所に鞄を置いてからあとに続いた。

来訪直前まで掃除をしていたのか、壁際にモップやほうき、ちりとり類が立てかけられている。もちろん気にかける余裕などあろうはずもなく、皓太は逸る気持ちを抑えて歩を進めた。

分厚い扉が開け放たれ、照明がともるや、興味津々に室内を見まわす。

カウンセリング室を利用するのは初めてのことで、十帖ほどの室内には机と二脚の肘掛け椅子、部屋の隅には掃除箱が設置されており、机の上の卓上電話は緊急連絡の

101-8405

書籍のご注文は84円
アンケートのみは63円
切手を貼ってください

東京都千代田区神田三崎町2-18-11

二見書房・M&M係行

ご住所 〒	
TEL - -	Eメール
フリガナ	
お名前	（年令 才）

※誤送を防止するためアパート・マンション名は詳しくご記入ください。

21.11

愛読者アンケート

1 お買い上げタイトル（ ）

2 お買い求めの動機は？（複数回答可）

□ この著者のファンだった □ 内容が面白そうだった
□ タイトルがよかった □ 装丁（イラスト）がよかった
□ あらすじに惹かれた □ 引用文・キャッチコピーを読んで
□ 知人にすすめられた
□ 広告を見た （新聞、雑誌名： ）
□ 紹介記事を見た（新聞、雑誌名： ）
□ 書店の店頭で （書店名： ）

3 ご職業

□ 学生 □ 会社員 □ 公務員 □ 農林漁業 □ 医師 □ 教員
□ 工員・店員 □ 主婦 □ 無職 □ フリーター □ 自由業
□ その他（ ）

4 この本に対する評価は？

内容：□ 満足 □ やや満足 □ 普通 □ やや不満 □ 不満
定価：□ 満足 □ やや満足 □ 普通 □ やや不満 □ 不満
装丁：□ 満足 □ やや満足 □ 普通 □ やや不満 □ 不満

5 どんなジャンルの小説が読みたいですか？（複数回答可）

□ ロリータ □ 美少女 □ アイドル □ 女子高生 □ 女教師
□ 看護婦 □ ＯＬ □ 人妻 □ 熟女 □ 近親相姦 □ 痴漢
□ レイプ □ レズ □ サド・マゾ（ミストレス） □ 調教
□ フェチ □ スカトロ □ その他（ ）

6 好きな作家は？（複数回答・他社作家回答可）

（ ）

7 マドンナメイト文庫、本書の著者、当社に対するご意見、
ご感想、メッセージなどをお書きください。

ご協力ありがとうございました

↓ この線で切

●【連鎖相姦】義母+姉 淫欲のハーレム［20036 719円］
●熟母と隣の未亡人 二人のママと……［19109 694円］
●幼馴染みと純真少女 エッチなおねだり［18157 722円］
●ハーレム下宿 美熟女と美少女と僕［18017 713円］
●兄嫁の秘蜜［17117 694円］

【鮎川りょう】（あゆかわ・りょう）
●田舎の未亡人教師 魅惑の個人レッスン［21126 720円］

【石神 珈琲】（いしがみ・こーひー）
●幼馴染に無理やり女装させられたら覚醒しちゃったんですけど［21086 720円］

【イズミ エゴタ】
●人妻同級生 憧れの誘惑体験［18124 722円］
●ハーレム不動産 美人女子社員だらけの営業所［17184 713円］
●ハーレム学園吹奏楽部 美人姉妹の禁断レッスン［17102 713円］
●清純女子テニス部 男子マネージャーの誘惑ハーレム［16121 686円］

【伊吹 泰郎】（いぶき・やすろう）
●流転処女 時を超えた初体験［21105 720円］
●クソ生意気な妹がじつは超純情で［21019 720円］
●剣道部の先輩女子 放課後のふたり稽古［20138 719円］

【上田 ながの】（うえだ・ながの）
●巨乳女探偵物語 孤島の秘祭［21144 720円］

【羽後 旭】（うご・あきら）
●姉と幼馴染み 甘く危険な三角関係［21070 720円］

【浦路 直彦】（うらじ・なおひこ）
●【僕専用】義母と叔母のW相姦ハーレム［20194 720円］
●美少女たちのエッチな好奇心 大人のカラダいじり［20052 705円］
●妻、処女になる タイムスリップ・ハーレム［19147 694円］
●小悪魔少女とボクッ娘 おませな好奇心［18175 722円］
●無邪気なカラダ 養女と僕の秘密の生活［17084 686円］

●内閣〈色仕掛け《ハニートラップ》〉担当局［21155 740円］
●灰色の病棟［21061 720円］
●女性社長 出資の代償［21013 740円］
●七人の人妻捜査官［20115 719円］
●人妻 夜の顔［20063 719円］
●下町バイブ［19029 722円］
●人妻 交換いたします［18118 722円］
●彼女の母と…［18043 722円］
●人妻たちに、お仕置きを［17145 694円］

【沢渡 豪】（さわたり・ごう）
●清楚アイドル蟻地獄［18001 694円］

【鈴川 廉平】（すずかわ・れんぺい）
●孕ませ性活 熟乳ママと悪魔のような少年［21021 720円］
●美母と二人の若叔母を寝取られた僕［19127 694円］
●寝取られ義母 禁断の三角関係［18031 686円］

【星凜大翔】（せいれん・やまと）
●喪服の三姉妹 孕ませ絶頂儀式［21069 720円］

【高村 マルス】（たかむら・まるす）
●美少女コレクター 狙われた幼乳［21087 720円］
●狙われた幼蕾 背徳の処女淫姦［20085 705円］
●幼肉審査 美少女の桃尻［19201 694円］
●美少女ジュニアアイドル 屈辱の粘膜いじり［17116 686円］
●美少女 淫らな拷問実験［14118 648円］

【竹内 けん】（たけうち・けん）
●ナマイキ巨乳優等生 放課後は僕専用肉玩具［21085 720円］
●超一流のSEX 僕の華麗なセレブ遍歴［21003 720円］
●浴衣ハーレム 幼なじみとその美姉［20103 705円］
●修学旅行はハーレム 処女踊り食いの6日間［20003 705円］

【葉月 奏太】（はづき・そうた）
●隣室は逢い引き部屋［21121 720円］
●親友の妻は初恋相手［21014 740円］
●私の彼は左向き［20165 719円］
●人妻のボタンを外すとき［20095 719円］
●淫ら奥様 秘密の依頼［20029 694円］
●夢か現か人妻か［19193 694円］
●もうひとりの妻［19119 694円］
●いきなり未亡人［19009 722円］
●人妻 やりたいノート［18135 722円］
●奥さん、入りますけど。［17197 740円］
●奥さん、透けてますけど。［17113 722円］
●人妻どろぼう［16205 722円］

【羽村 優希】（はむら・ゆき）
●氷上の天使 悦虐の美姉妹強制合宿［21124 720円］
●【完堕ち】アイドル養成学校処女科［20104 705円］
●美少女の生下着 バドミントン部の天使［19182 694円］
●鬼畜教室 狙われた清純少女と女教師［18107 722円］

【早瀬 真人】（はやせ・まひと）
●ハーレム教室 僕らの童貞喪失日記［17133 686円］
●おさない処女 レオタードの快感実習［13179 648円］

【藤 隆生】（ふじ・りゅうせい）
●M女子学院ゴルフ部巨乳特待生 闇の絶頂レッスン［21106 730円］
●人妻巨乳バレーボーラー 寝取られM化計画［20034 719円］
●女子アナ候補生 鬼畜サークルのマゾ開発［18106 694円］
●巨乳秘書 鬼畜の洗脳研修［16174 686円］

【深草 潤一】（ふかくさ・じゅんいち）
●嫁の姉 誘惑の夜［18186 694円］

→ この線で切り取ってください

↑ この線で切

取ってください

← この線で切り取ってください

取ってください

際に使用するものだと思われた。

クリーム色の壁、薄いグレーの絨毯《じゅうたん》は気分を落ち着かせる効果があるのだろうが、今の昂奮状態では何の役にも立たない。

（……あ）

廊下側に面した扉が目に入った瞬間、皓太は不安げな表情に変わった。

「そっちのドアは、ふだんから鍵をかけてあるから大丈夫よ。誰かが入ってくる心配はないわ」

「そ、そうですか」

美咲が肘掛け椅子を引きだし、腰を下ろしてから指示を出す。

「しっかり確認してあげる。服、全部脱いじゃいなさい」

「ぜ、全部……ですか？」

「そうよ。今さら恥ずかしがることなんて、ないでしょ？　お尻の穴まで、見られちゃってるんだから」

「は、はい……わかりました」

気持ちが上ずり、全身の細胞が情欲の渦に巻きこまれた。睾丸の中の精液が沸騰し、マグマのごとく荒れ狂った。

さっそく上履きと靴下を脱ぎ捨て、ワイシャツのボタンを外していく。

(あぁ、いよいよ、待ちに待った瞬間が来たんだ)

まずは上半身裸になり、恥じらいから身をよじるも、拒否するつもりはさらさらない。皓太はベルトを緩め、ズボンを下着もろとも脱ぎ下ろした。

窮屈な場所に閉じこめられていた肉棒がぶるんと跳ねあがり、隆々とした漲《みなぎ》りを誇らしげに見せつける。

「きゃっ、すごい」

栗の実にも似た亀頭、赤紫色のえら、今にも張り裂けんばかりに膨らんだ無数の血管。おどろおどろしい肉の塊《かたまり》に、美咲は目を見開きざま小さな悲鳴をあげた。

「はあはあっ」

怒張を見せつけただけで、異様な昂奮に駆り立てられる。今や性欲はターボ全開、脳幹はピンク一色に覆われているのだ。

「驚いたわ……確かに、結び目は変わってないみたい……もう、バカね」

「……はあ?」

「これもお仕置きの一環だったんだけど、まさか本当に一週間もしてくるなんて思ってなかったわ。一日、二日で外すだろうと考えてたのよ」

「そ、そうだったんですか？」

拍子抜けしたものの、約束を守ったおかげで、猛々しい欲望は限界を超えて燃えさかっているのだ。

大きな快楽を期待するとともに、一週間分の欲望を吐きだすべく、皓太は目をぎらぎらさせた。

「目が血走ってて、怖いわ。でも……人の道に外れたことはしてなさそうね」

「はい！　変なことは、チラリとも思いませんでした」

この一週間、頭の中は彼女から受けた前立腺攻めに占められていたのだ。

もう一度、あの素晴らしい感覚を味わってみたい。

肛穴をひりつかせた直後、美咲は前屈みの姿勢から目をしっとり潤ませた。

「まだ何もしてないのに……こんなになってる」

「あ、ふうっ」

熱い吐息を肉筒に吹きかけられ、怒張がビンビンしなる。

「すごいわ……タマタマも張りつめちゃって」

根元の枷のおかげで陰嚢の皺が引っ張られ、ふたつの肉玉が照明の光を反射してテカテカと輝いた。

「裏筋の芯も、鉄みたいに硬い」

「む、むふうっ」

ほっそりした人差し指が裏茎をツツッと這い、官能の微電流が背筋を走り抜ける。苦悶の表情で腰を折れば、今度は指先で宝冠部をピンピン弾かれ、剛槍がメトロノームのように揺れた。

「はあはあ、あううっ」

呼吸が荒くなり、喉が干あがる。肉筒に受けた振動が深奥部に伝わり、性感が一足飛びに極みへ導かれる。

「この紐、どうしてほしい？」

「は、外して……ほしいです」

「外すだけで、いいのかしら？」

「あ、あの……」

核心を突かれると、本音が口をついて出てこない。

顔を真っ赤にした少年は、伏し目がちに弱々しい声で懇願した。

「お、お尻を……その……いじめて……ほしいです」

「あら、そんなに気持ちよかったの？」

コクンと頷《うなず》けば、美咲は小悪魔っぽい笑みを浮かべ、床に置いていたトートバッグを手に取った。

おそらく、あの中には薄い手袋やグリセリン、ウエットティッシュなど、前回使用したグッズが入っているのだろう。

緋色の口がムズムズしだし、赤い紐がペニスの根元に食いこむ。

「あ、くうっ」

快感混じりの疼痛に喘いだところで、女教師は次の指示を出した。

「テーブルに手をついて、お尻を突きだしなさい」

「え……は、はい」

できれば最初に枷を外してほしいのだが、文句を言える立場ではない。言われるがままテーブルの端に手をつき、臀部をそろりそろりと迫《せ》りだす。

(あぁ……恥ずかしい)

いざとなると、羞恥に苛まれるも、ペニスは相変わらず勃起を維持したままだ。海綿体に流れこんだ血液は紐の枷で堰《せ》きとめられ、もはや萎える気配は少しもなかった。

「もうちょっと、足を広げて」

「こ、こうですか？」

「そう、それでいいわ」

後方でゴソゴソと音がし、期待に胸を膨らませた直後、右手を後方に引っ張られ、驚きに顔をしかめる。

「せ、先生」

「何も心配することないわ。少しのあいだ、じっとしてて」

「……あ」

今度は左手を背中側に回され、上半身の支えを失った皓太は片頬をテーブルに押しつけるしかなかった。

交差した手首を紐らしきもので縛られ、動きを封じられる。

（な、なんで？　何をするつもりなんだよ）

瞳に動揺の色を滲ませると、裏の花弁にひんやりした感触が走り、不安の影はすぐに和らいだ。

「お尻の穴、たっぷりほぐしておかないと……身体の力を抜いて」

「あ、む、むうっ」

もしかすると、手の拘束は新しいプレイなのかもしれない。

指先が繊細な動きを繰りだすたびに背筋がゾクゾクし、被虐的なシチュエーションに期待感が増した。

「ああ、ああ、ああっ」

あまりの昂奮に声が裏返り、下肢が小刻みに震えだす。

「どうしてほしい？」

「い、いいわ、挿れて……挿れてください」

「いいわ、挿れてあげる」

思いの丈を告げた瞬間、括約筋がミリミリと広がり、皓太は指とは明らかに違う感触に眉をひそめた。

（……え？）

彼女は紛れもなく、丸みを帯びた硬質の物体を押しこもうとしているのだ。

「あ、先生、な、何を!?」

様子を探ろうにも、何が起こっているのか、前のめりの体勢では視野に入らない。

慌てて肛門を引き締めたものの、時すでに遅し。異物は放射線状の窄まりを通り抜け、腸内粘膜に埋めこまれた。

「こ、これは……」

「ふふっ、ピンクローターを挿れたのよ」

「ピンク……ローター？」

数カ月前にアダルトサイトで閲覧した記憶があり、女性が膣の中に挿入して快感を味わうグッズのはずだ。

小さな卵形の物体を思い浮かべたとたん、ローターとやらが激しい振動を開始し、皓太は臀部の筋肉をビクンと引き攣らせた。

「はうっ！」

「このグッズは、リモコンでスイッチのオンオフが可能なの。ローターから伸びたコードを引っ張れば、すぐに抜くことができるから安心して」

「む、むふっ」

いかがわしいアダルトグッズは、低いモーター音を響かせながら腸内粘膜を引っ搔きまわす。

少年の目はいつしか虚ろと化し、異物感が徐々に肉悦と変わった。

ペニスが派手にしなり、交感神経をこれでもかと刺激する。腰が勝手にくねり、内股の姿勢から尻肉を何度もひくつかせる。

官能電圧が脳幹を灼き尽くそうとした刹那、美咲に身を起こされ、皓太は現実の世界に引き戻された。

「……あ」

「そのまま、前に進んで」

「……え？」

根元の枷を外され、大量射精を期待していたのだが、彼女はいったい何を目論《もくろ》んでいるのか。

理解できずに身を硬直させたものの、後ろからグイグイ押され、皓太は奥に向かって無理やり歩かされた。

（な、なんだ、なんだよ！　まさか、この恰好《かっこう》で廊下に出されるんじゃ⁉）

もしかすると、下着窃盗をどうしても許せず、最大の羞恥と罰を与えるつもりなのかもしれない。

「あ、あ……」

「こっちよ」

恐怖から鳥肌を立たせた瞬間、歩く方向がやや左に変わり、高さ百七十センチほどのスチール製の掃除箱が差し迫る。

「悪いんだけど、しばらくこの中で待っててくれない？」

「……へ？」

「実は、カウンセリングの仕事が急に入っちゃったのよ。もうそろそろ来る頃だから、それまで待ってて」

「そ、そんな」

「大丈夫、十五分ほどで終わらせるから。そのあとは気持ちいい思い、たっぷりさせてあげるわ」

美咲は最後に溜め息混じりに言い放ち、耳たぶを甘噛みする。

「あ、ふっ」

眉をたわめたところで掃除箱の扉が開けられ、皓太は意外な光景に目を丸くした。

(な、何も入ってない……あ、そうか！　この部屋の出入り口の横の壁に掃除道具が立てかけられてたっけ)

掃除箱の中は人一人が入れる広さがあり、身長の低い皓太ならなんの問題もない。

美咲は、最初からそのつもりで掃除道具を抜き取っていたのだろう。

(マ、マジか……まだお預けを食らうのかよ)

ペニスの枷はもちろんのこと、アヌスには唸りをあげるローターが埋めこまれているのである。

果たして、どこまで耐えられるのか自信がない。さりとて抵抗する気などあろうはずもなく、今は彼女の為《な》すがままになるしかないのだ。

「ほら、こっち向いて」

「あ、うっ」

無理やり中に押しこまれたあと、美咲は皓太の衣服と上履きを拾いあげて掃除箱の隅に置いた。

「いい？　じっとして、絶対に音を立てたらだめよ」

「せ、先生……ホントにすぐに出してくれるんですか？」

「そんな泣きそうな顔しないの。あなたにとっては、これも最高のご褒美になるはずなんだから」

「え……ど、どういう意味……あ」

問いかけている最中にドアが閉められ、真っ暗闇に包まれる。

不安に顔を歪めたものの、皓太は扉の上方に通気口代わりの細長い長方形の穴が開いていることに気づいた。

ちょうど目線の高さにあり、そっと覗きこめば、室内の様子が見て取れる。

(明かりが洩れてくるだけでも、ホッとはするけど……ご褒美って、どういうことな

んだろう）

ただ首を傾《かし》げるなか、腸内のローターは凶悪な振動を繰り返し、性感は少しも怯む気配を見せない。

カウンセリング室は冷房こそ効いていたが、狭い場所はやたら蒸し暑く、十秒と経たずに汗の粒が額に浮かんだ。

（この状況だと、長時間は無理だよな。とにかく今は、カウンセリングが少しでも早く終わるのを待つしかないけど）

女教師はこちらに向かってウインクしたあと、トートバッグをテーブルの下に置き、颯爽《さっそう》とした足取りで保健室に戻っていく。

しんと静まり返った室内で、皓太は事の成り行きを見守るしかなかった。

2

（あぁ……早く先生に会いたい）

部活を終えた亜矢香はテニスウェア姿のまま、スポーツバッグを手に保健室に向かった。

女教師といけない関係を結んでから十日。部活以外の日は保健室を訪れ、甘いキスに優しい愛撫と、身も心も蕩けそうな寵愛《ちょうあい》を受けている。

充実の日々はバラ色の幸福感を与えたが、新たな悩みが少女を苦しめた。

(いったい……誰が下着を盗んだのかしら)

水泳の授業を終え、私物の紛失に気づいたときは驚きと戦慄に身を竦《すく》めたものだ。

更衣室の出入り口には鍵をかけていたので、犯人が奥の小窓から侵入したのは間違いなかった。

外部の人間か、それとも内部の犯行か。

恥ずかしくて友だちに相談できず、美咲の存在がなければ、登校拒否になっていたかもしれない。

ためらいがちに報告すれば、彼女は穏やかな口調でフォローし、さっそく対応策を練ってくれた。

校内パトロールの回数を増やし、壁には「更衣室を使用する際は、窓の鍵を閉めること」の注意書きを貼り、さらには必ず犯人を捕まえると約束してくれたのである。

それでも心の傷は癒えなかったが、不安や恐怖心はかなり和らいだ。

(あれから一週間か……先生から呼びだしを受けたけど、下着のことは何も言ってなかった。犯人が再び犯行に走って、ドジでも踏まなければ、見つからないのかな……
もう、最低)
今頃、窃盗犯は使用済みの下着にあごぎな欲望をぶつけているかもしれない。
考えただけで鳥肌が立ち、激しい怒りに目が眩んだ。
今日も、美咲に慰めてもらうことになるのか。
その後の展開を思い浮かべたとたん、亜矢香の目元はみるみる赤らんだ。
身体の芯が火照り、下着を盗まれたショックが消し飛んでいく。
たび重なる性的な愛撫から、少女の性感は自分でも気づかぬうちに発達していた。
(でも……今日はだめ。だって、シャワーを浴びてないもん)
憧れの人の前で、汗まみれのデリケートゾーンを晒すわけにはいかない。
それでも濃厚なキスが頭を掠めただけで、熱い潤みが膣の奥から滲みだす。
(指でしてもらうぐらいなら……)
期待に胸がときめき、保健室が近づくにつれて息が荒くなった。
扉の前で立ち止まり、深呼吸してからノックする。
「……はい」
「あ、あの……亜矢香です」

すぐさま内鍵を開ける音が聞こえ、扉を開けた美咲がにこやかな顔を見せる。

美しい容貌を目の当たりにしただけで、早くも気持ちが浮ついた。

「待ってたわよ」

「す、すみません……ちょっと遅れちゃって」

「ううん、気にしないで。さあ、入りなさい」

「……失礼します」

いそいそと入室すれば、女教師は「カウンセリング中」のプラカードを表のフレームにはめこんでから扉を閉めた。

「ごめんなさいね。今日は部活の日なのに、呼びだしちゃって」

「そんなこと……本音を言えば、うれしいです」

恥ずかしげに答えれば、美咲が優しげな微笑を返す。

「ふふっ、かわいいわ」

「あ、だめです」

唇が寄せられた瞬間、亜矢香は反射的に身を引いた。

「あら、どうしたの？」

「だって、汗を掻いてるから……今日は、けっこう暑かったし」

「先生、あなたのそういう奥ゆかしいところが好きなのよ」

「……あ」

肩に手を添えられ、唇をサッと奪われる。さりげない愛の告白に胸が高鳴り、瞬時にして身体から力が抜け落ちた。

「今日は、となりの部屋で話しましょ」

「は、はい」

最近はベッドのある保健室を利用する機会が多く、カウンセリング室を使用するのは久しぶりのことだ。

手首をそっと摑まれ、防音設備の整った部屋に連れていかれる。

今はもう、彼女以外のものは目に入らない。

扉が閉められると、密室で二人きりという実感が湧き、できることならすぐにでも愛されたいと思った。

(あぁン……部活、サボればよかったかも)

顔や首筋、腕は濡れタオルで拭き、制汗スプレーを振りかけてきたが、匂っていないだろうか。

年頃の乙女にとっては、それがいちばんの気がかりだった。

（大丈夫よ。今日はベッドを使わないみたいだし、エッチなことはしないはずだわ）

残念な気持ちもないわけではなかったが、美咲とはいつでも会えるのだ。魅力的な微笑みに陶然とした瞬間、ひしと抱きしめられ、スポーツバッグが手から離れた。

「あなたのテニスウェア姿、初めて見たわ。とても似合うのね」

「そんなこと……」

「ポニーテールの髪型がとても似合ってるし、足が長くてスタイルもいいわ」

「先生ほどじゃ……ないです」

「ううん、肌だってすべすべだし、私なんて足元にも及ばない」

「あンっ、先生」

スコートをたくしあげられ、ヒップを優しく撫でられる。

しなやかな指がツッと下り、内腿沿いを這いまわると、腰の奥で快感のほむらが揺らめいた。

「だめ、だめです」

「あら、ホントにやめちゃっていいの？」

「は、ふわぁ」

前に回った手がアンダースコート越しの秘所をそっと撫でつける。スリット上を往復し、敏感な性感ポイントをツンツンつつかれる。

さらには左手の指先でバストのトップを軽く引っ掻かれ、心地いい性電流がまともな思考を麻痺させていった。

(はぁン、やンっ、どうしよう……気持ちよくなってきちゃった)

瞳を潤ませた直後、美咲は背後に回り、両手で乳房をゆったり揉みしだいた。

「は、ふうンっ」

「あらあら、エッチな声」

「はっ、せ、先生」

「ん、何?」

「だ……だめっ」

「ここで、やめちゃってもいいの?」

「あ、ンっ」

右手がまたもや下腹部に向かい、甘い予感に身が震えてしまう。いつの間にか腰がくねり、膝をすり合わせ、女芯がキュンキュンひりついた。

困惑げな顔をする一方、もはや拒絶の言葉は口から出てこない。

スコートの裾を捲られ、指先がY字ラインの中心に潜りこむと、官能の炎が身をちりりと焼いた。

「あ、ふぅンっ……先生」

「いけない子ね。恥ずかしい場所、どんどん湿ってくるわよ。どうしてほしい？」

今となっては、汗の匂いなどどうでもいい。

もっと淫らな行為で、これまで経験したことのない未知の世界に連れていってほしいと心の底から願う。

「は、ふうっ！」

指先がアンスコの下に忍びこむや、快楽の稲妻が脳天を貫き、少女は切なげな表情で背筋を伸ばした。

「あら、何これ？」

「はぁ、やっ、やぁああっ」

「もうその気になってるじゃないの」

股の付け根からクチュクチュと淫猥な水音が鳴り響き、羞恥心が肉体の芯をますます熱くさせる。

愛液がとめどなく溢れだし、乙女の恥芯が粘った淫液でぬめりかえった。

「まあ、すごいわ……こんなになっちゃって」

「は、やっ、ンっ、だめ、や、やはあぁっ」

「ふふっ、腰と膝がわなないてるわよ」

「も、もう立ってられません！」

足に力が入らず、美咲の支えがなければ、このまま膝から崩れ落ちそうだ。

「いいわ、椅子にお座りなさい。その前に……」

「あぁ、いやぁン」

アンスコを下着ごと引き下ろされ、生尻が剝きだしになった。

どうやら、美咲は最初から愛の営みを交わすつもりだったらしい。下腹部から汗の匂いがふわんと漂い、亜矢香はあまりの羞恥に身悶えた。

「片足を上げて」

「あ、あの……」

「上げなさい」

憧れの女性の指示に逆らうことはできず、腰をもじもじさせながら左足をためらいがちに上げる。

「そうそう、いい子ね。先生、素直な子が大好きよ。さあ、次は右足も上げて」

足首からアンスコと下着を抜き取られ、少女は慌ててスコートの裾で秘部を隠した。

美咲は肘掛け椅子を机の下から引きだし、くるりと回転させてから促す。

「さ、お座りなさい」

「は、はい」

すぐさま腰を下ろして安堵したものの、背後からしなやかな腕が伸びてきた。

「……あ」

呆然とする最中、左太腿を強引に持ち上げられ、左の肘掛けを跨がされる。

「あ、な、何を?」

「心配する必要ないわ。新しい趣向を試そうとしてるだけよ。さあ、右足も同じようにして……」

「あンっ」

強引にM字開脚させられ、もはや足を下ろすことができない。

両手でスコートの裾を懸命に引き下ろすも、恥部は半分ほどしか隠せず、顔が火傷《やけど》したように熱くなった。

目の前にあるのは壁と掃除箱のみで、誰の目があるわけではなかったが、斜め前方の扉がいつ開けられるのではないかと気が気でない。

「大丈夫よ。あのドアの鍵は、ちゃんと閉めてあるから。誰も入ってこないわ」

「で、でも、こんな格好、やっぱり恥ずかしいです」

「ごめんなさいね。あなたがあまりにもかわいいから、ちょっといじめたくなっちゃって」

「そんな……ひ、ひどいです」

「ふふっ、その代わり、たっぷり気持ちよくさせてあげるから」

「やぁンっ」

指先が手の下をかいくぐり、女のいちばん感じる箇所を掻きくじる。とたんに快楽の海原に放りだされ、少女はなまめかしい声で身を反らした。

「ここ？　やっぱり、ここがいちばん感じるのね？」

「あ、はあぁっ」

「手をどけなさい」

「い、いやです」

「あら、私の言うことが聞けないの？」

「だ、だって……」

「もっと気持ちいいことしてほしいんでしょ？　先生、素直じゃない子は嫌いよ」

指が秘芯から離れたとたんに快美が薄れ、狂おしげに腰をくねらせる。

「あぁン……先生の意地悪」

今の自分にとって、美咲の言葉は神の啓示といっても過言ではない。

嫌われたくない一心から、少女は自ら秘所を隠す手を外していった。

3

(あぁ……す、すごい)

狭苦しい掃除箱の中で、皓太は何度も生唾を飲みこんだ。

カウンセリング室にテニスウェア姿の亜矢香が現れたときは、どれほど驚愕したことか。

しかも美咲は彼女にキスをし、身体までまさぐりはじめたのだから、まさに天地がひっくり返るような衝撃だった。

二人は、いつから背徳的な関係を結んでいたのだろう。

疑問符が頭の中を駆け巡るも、今はそれどころではない。

女教師は皓太が見えやすい位置に少女を移動させ、アンスコや下着を脱がしたばかりか、椅子に座らせてからM字開脚の体勢を固定させたのだ。

少年の視線は当然とばかりに、乙女のプライベートゾーンに注がれた。

（あ、あ……もう少しで見えそう）

身を屈《かが》めることはできないため、焦燥感に駆り立てられる。

自身の体温が呼び水となり、掃除箱の中はサウナ並みに蒸していたが、今は意識を朦朧《もうろう》とさせるわけにはいかなかった。

「手をどけなさい」

美咲が期待にそぐわぬ指示を出し、小さな手が股間からゆっくり外される。

スコートの裾がさらにたくしあげられた瞬間、性的な昂奮はピークに達した。

（お、おおっ！　あ、亜矢香ちゃんのおマ×コだぁっ!!）

こんもりした恥丘の膨らみに、目が吸い寄せられる。

楚々《そそ》としたダークブラウンの和毛、中央に刻まれた女肉の尾根、薄い肉帽子を被った陰核。ベビーピンクの大陰唇と恥肉の狭間《はざま》から覗くコーラルピンクの内粘膜が、胸の鼓動をこれ以上ないというほど高まらせた。

ほっそりした小陰唇は皺の一本もなく、艶々した輝きを燦々《さんさん》と放つ。

ライラックの花びらを彷彿とさせる様相に、少年は言葉を失った。

（あぁ、見たい……近くで見たいよぉ）

亜矢香との距離は二メートルほどだが、さすがに匂いまでは確認できない。彼女は紛れもなく、つい先ほどまでクラブ活動で汗をたっぷり掻いていたのである。どんな芳香を発しているのか、想像力が刺激され、剛槍は今にも爆発寸前だった。

根元の枷がなかったら、この時点で放出していたかもしれない。

しかも肛穴に埋めこまれたピンクローターが前立腺を抉《えぐ》りたて、快感の高波が絶えず襲いかかっている状態なのだ。

(あぁ、外したい、チ×ポの紐を外したいよぉ)

本来ならすぐにでも枷を取り外し、怒張をしごきたいのだが、両手は後ろで縛られている。

変態少年の考えることなど、先刻お見通しなのだろう。美咲は自慰をさせぬよう、手の自由を奪ってから掃除箱に閉じこめたのだ。

(あ、も、もう、頭がどうにかなっちゃうよ!)

ペニスがしなると同時に、根元の枷が皮膚にギチギチ食いこむ。皓太は目尻に涙を溜め、快楽と焦燥感の狭間で悶絶した。

細長い指が少女の恥芯に伸び、軽やかなスライドを開始する。

「あ、あぁン、せ、先生!」

「あらあら、エッチなおつゆが垂れてきたわよ」

秘裂から溢れだした淫液がにっちゃにっちゃと卑猥な音を奏で、頂点の包皮が捲れあがっていく。

クコの実にも似たクリットが顔を覗かせるや、美咲は敏感ポイントを集中的に攻めたて、か細い嬌声が室内に響き渡った。

「い、ひぃぃぃっ！」

「クリちゃん、こんなに大きくさせて。悪い子ね」

「あ、だめぇ」

指先がくるくると回転し、しこり勃った肉芽をこれでもかとこねまわす。

美少女は身を仰け反りざま白い喉を晒し、顔を首筋まで紅潮させた。

「イッちゃう、イッちゃいます」

「あら、こんなに簡単にイッちゃうの？　軽く触ってるだけなのに」

「だ、だって……あ、ひンっ！」

小さな肉粒をピンピン弾いただけで、あえかな腰がぶるっと震える。亜矢香はすでにエクスタシーの経験があり、性感もかなり発達しているらしい。

純情可憐だと思われた少女の乱れ姿に唖然としつつ、皓太も両足をわななかせた。

今や立っていることさえままならないが、最後まで彼女らのレズシーンを目に焼きつけておきたい気持ちもある。

無理にでも気を張り、瞬きもせずに室内の光景を注視した。

「あ、やっ、やっ」

美咲は拒絶の言葉を受けいれず、陰核の上で指を跳ね躍らせる。さらには空いた手で乳丘をゆったり練り、バストの頂点を人差し指で掻きくじいた。

少女の細眉がハの字になり、口が徐々に開け放たれる。切なげな視線を自身の股間に向け、鼠蹊《そけい》部の薄い皮膚をピクピクと痙攣させる。

「イ、イクっ……イックぅっ」

亜矢香は小さな声で絶頂の訪れを告げたあと、目を固く閉じ、桜色に染まった恥骨を上下に揺すった。

「は、ン、ンンぅぅっ」

とたんに狂おしげな表情が消え失せ、憑きものが落ちたような顔つきに変わる。

指先が股間から離れると、女芯はすっかり溶け崩れ、恥割れから透明な粘液がゆるゆると滴った。

(す、すげえや……あんなに濡れて)

小鼻をひくつかせれば、甘酸っぱい芳香を微かに感じるのは単なる思いこみか。

美咲が身を起こし、白衣を脱ぎ捨てる。ブラウスの第一ボタンを外し、くっきりした胸の谷間が目をスパークさせる。

このあとの展開を思い描いた直後、彼女はこちらに意味深な笑みをくれてから椅子を回りこんだ。

張りつめたヒップが沈むと同時に、亜矢香の秘園が頭に遮《さえぎ》られて見えなくなる。

（……あっ！）

通気口の端から端まで目線を移動させても確認できず、口惜しげに唇を嚙めば、美少女の顔がまたもや苦悶に歪んだ。

「あ、あ……」

ピチャピチャと、猫がミルクを舐めるような音が聞こえてくる。間違いなく、女教師は教え子の女芯を唇と舌で舐《ねぶ》っているのだ。

「だ、だめ……だめです」

「あら、どうして？」

「だって、汚いから……」

「ふふっ、あなたの身体に汚いところなんてないわ」

「あ、ふうっ！」

美咲の頭が揺れるたびに亜矢香は顔を左右に打ち振り、はたまた上体をもどかしげにくねらせた。

悩ましげな容貌が想像力を刺激し、昂奮度が沸点から下がることは決してない。

「シャ、シャワーを浴びて……ないんです」

「味も匂いも濃厚で、とってもおいしいわよ」

「やぁン」

よほど、恥ずかしいのだろう。少女は顔を背けるも、クンニリングスが与える快楽に抗えないようだ。

吐息がますます荒くなり、ふっくらした胸を忙しなく起伏させた。

「ここね、ここがいちばん感じるのね？」

「あ、ひぃう……や、や、またイッちゃいます」

「まあ、エッチな女の子ね。あっという間に、二回もイッちゃうつもり？」

「お、お願いします……せ、先生のも……させてください」

声が小さいうえに掠れているため、詳細までは聞き取れない。

聴覚を研ぎ澄ませたとたん、美咲はタイトスカートを片手でたくしあげ、まろやかな双臀を露にさせた。

（ああっ、パンティを穿いてない！）

あろうことか、女教師は最初からノーパンで対応していたのだ。

茫然自失するなか、肘掛けに乗せていた足が下ろされ、羞恥地獄から解放された亜矢香がひと息つく。

（な、なんだ？　今度は……何をするんだ？）

鼻の穴を限界まで広げたところで、二人は熱いキスを交わし、そのまま抱き合うかたちで掃除箱の方角に倒れこんできた。

「身体を逆向きにさせて」

「……はい」

亜矢香は口元に手を添えて恥じらったあと、指示どおりに身を転回させて美咲の顔を跨がる。

スコートがたくしあげられると、今度は小ぶりな桃尻がさらけだされ、皓太は驚きの連続に口をあんぐりさせるばかりだった。

乙女はヒップをこちらに向けているため、女陰が隅々まではっきり見て取れる。

女教師は膣口を両指で押し広げ、剝きだしにされた神秘のとばりに心臓が破裂しそうなほど高鳴った。

苛烈な吸引を受けた陰核は小指の爪大ほどに膨らみ、厚みを増した陰唇もやや外側に捲れあがっている。

「とろとろのおつゆが、また出てきたわよ」

「あぁン、恥ずかしいです」

「恥ずかしいけど、気持ちいいんでしょ？」

美咲はそう言いながら頭を起こし、舌先で肉の尖りをツンツンとつついた。

張りのある尻肉がふるんと揺れ、同時にソプラノの声が室内に反響する。

「ひぃぃンっ！」

「今度は、ちゃんとイカせてあげるわ」

「あ、ふわぁ」

ダイヤモンド形に開いた膣内粘膜に長い舌が這うや、淫液が源泉のごとく溢れだし、胸が締めつけられるほど苦しくなった。

美少女はいったん天を仰いだものの、女教師が肉づきのいい足をV字に開くと、身を屈めて股の付け根に顔を埋《うず》める。

（あぁ……さっきは、先生のも舐めさせてくださいって言ったんだ。二人で、おマ×

コを舐め合ってるんだ）

ちゅぷくちゅ、にちゅ、じゅるじゅると、喘ぎ声の合間に愛液の啜《すす》り合う音が絶え間なく洩れ聞こえた。

彼女らは教師と教え子の関係を逸脱し、アブノーマルな快楽にどっぷり浸っている。できることなら、自分も二人のあいだに割って入りたい。

掃除箱から真っ裸の男が飛びだしてきたら、亜矢香はどんな顔をするだろう。

とてもそこまでの勇気は持てず、今はお預けを食らった犬の心境だ。

美咲が鋭敏な尖りを弄《いじ》りまわし、窄めた唇で吸いたてると、汗で艶めくヒップが弾み揺らいだ。

「あぁン、先生、イクっ……イッちゃいます」

「いいわよ、イッても。あなたのはしたない姿、たっぷり見ててあげる」

「はっ、はっ、やっ、イクっ……イックぅうっ」

柳腰がわななき、絶頂を迎えた亜矢香が真横に崩れ落ちる。女教師はすかさず身を起こし、舌なめずりしながら少女の片足を肩に担ぎあげた。

（こ、今度は、何をするんだ？）

乙女の園は内腿のほうまで大量の愛液でぬめりかえり、充血した肉唇もぱっくり開いている。目をらんらんとさせた直後、美咲は腰を突き進め、美脚を亜矢香の足に交差させていった。

（あ、あ……）

奇怪な体位に目をしばたたかせ、期待感に胸を躍らせる。女教師は恥骨同士をぴたりと密着させ、後ろ手をついてから腰をくなくな揺すった。

二枚貝がこすれ合い、粘着性の強い猥音が微かに聞こえてくる。

「あンっ、せ、先生」

女性の快感は尽きることがないのか、またもや性感が息を吹き返したらしい。

亜矢香は熱い吐息をこぼし、つぶらな瞳を涙で濡らした。

「……き、気持ちいいです」

「ふふっ、もっと気持ちよくなっていいのよ」

二人はおよそ一メートルまで近づき、ほぼ真横に見る位置に横たわっている。

美咲は身体の前面を掃除箱側に向け、恥部をわざと見せつけているようだ。

彼女自身もよほど昂奮しているのか、恥裂からはおびただしい量の愛蜜が溢れだし、発達した陰唇と初々《ういうい》しい陰唇が重なり合う光景が峻烈な昂奮を与えた。

（はあぁ……もう……限界だよぉ）

ともすれば、失いそうな意識を懸命に手繰《たぐ》り寄せてきたが、ついに頭がクラクラしだす。

狭い掃除箱の中は温度と湿度が極限に達し、汗が滝のように肌の上を伝った。

目眩を起こした刹那、亜矢香の金切り声が耳朶を打ち、かろうじて正気を保つ。

(お……おお)

美咲が腰を浮かし、ヒップを派手に揺すりまわした。

肥厚《ひこう》したクリットをこすりつけ、白濁と化した愛液が粘った糸を引いた。

「はぁあ、いい、気持ちいいわぁ」

「ひぃぃ、また、またイッちゃいます!」

「あぁン、先生もイッちゃいそうよ」

「いっしょに、いっしょにイッてください……あ、はぁあっ!」

女教師の恥骨が目にもとまらぬ速さで上下し、美少女が快楽にのたうちまわる。

「はっ、はっ、やっ、イクっ、イックぅぅっ」

「ああン、イクっ、イッちゃう!」

愛液のしぶきが飛び散ったとたん、二人は身を硬直させ、エンストした車さながら腰をわななかせた。

濃密な情交が終焉を迎え、室内が水を打ったようになる。

酸味の強い淫臭が鼻腔を掠めたのは、もはや思いこみではない。

意識を朦朧とさせながらも、ペニスは依然として反り返ったままだった。

4

（あぁ……もう限界だよ）

掃除箱に閉じこめられている時間は、二十分も経っていないのかもしれない。

それでも皓太にとっては、とてつもなく長いものに感じられた。

「先生……いっしょに帰っていいですか？」

身支度を整えた亜矢香が控えめに問いかけ、美咲が満面の笑みで答える。

「いいわ、でも、まだやり残してる仕事があるの。制服に着替え終えたら、図書室で待っててくれる？　確か、閉まるのは六時だったわね」

「……ええ」

少女はスポーツバッグを手に取るも、いまだに快楽の余韻が消え失せないのか、足元が定まらない。

「大丈夫？」

「は、はい……平気です」

美咲は廊下側のドアに歩み寄り、内鍵を外してから亜矢香を手招きした。

「そうね、十五分ほどで行くわ」

「はい……わかりました。待ってます」

亜矢香は歩を進めたあと、頭を軽く下げ、やがて皓太の視界から消えた。

ドアと内鍵を閉める音が聞こえ、足音がゆっくり近づいてくる。

掃除箱の扉が開け放たれると、エアコンの冷気が頬をすり抜け、心地いい解放感が身を包みこんだ。

「あらあら、汗ぐっしょりだわ」

「はあはあ、はあぁぁっ」

荒い息継ぎを繰り返すなか、手首を摑まれ、室内に引っぱりだされる。赤黒く膨張した勃起が頭を振ると、美咲はしたり顔で呟いた。

「すごいわぁ。鉄の棒みたいになっちゃって」

「は、外して……外してください」

「ちょっと待ってね」

手首の拘束がほどかれたあと、怒張の根元にしなやかな指先が絡みつく。

「あ、ん、むむっ」

「紐が、皮膚に食いこんじゃってるわ。ちょっと痛いけど、我慢してね」

「くふうっ」

鋭い疼痛に唇を歪めた瞬間、結び目がはらりとほどけた。

性器を限界まで縛りつけていた枷《せ》が緩み、安堵感と同時に深奥部で滾る牡のマグマが迫りあがる。

「あ、おおっ」

尿道が口を開き、抑えこまれていた樹液がびゅるんと迸った。

ザーメンはさらなる勢いをつけ、白い糸を引いては立てつづけの射出を繰り返す。

「きゃっ、すごいわ……噴水みたい」

「あっ、あっ、あっ」

薄いグレーの絨毯が白濁液にまみれ、独特の臭気が周囲に立ちこめる。

合計、九回は射精しただろうか。ぐったりした皓太は、黒目をひっくり返して膝から崩れ落ちた。

「やだ……ちょっと大丈夫?」

「あぁ……あぁっ」

交感神経が完全に麻痺し、まともな思考が働かない。今は、美咲が何を言っているのかも把握できなかった。

「少し、やりすぎたかしら」

柔らかい手が腰にあてがわれ、今度は肛穴に差しこまれたピンクローターが抜き取られる。強大なバイブレーションが体内から取り除かれたところで、少年はようやく快楽地獄から解き放たれた。

しばし間を置いたあと、髪を優しく撫でられ、目を開ければ、女教師の艶然とした微笑が視界に入る。

「どう？　私のご褒美は？　満足したかしら」

「は、はい」

肉体的には過酷以外の何ものでもなかったが、確かに素晴らしい体験ではあった。想いを寄せていた美少女の恥部を間近で拝み、レズシーンの眼福にあずかったのである。

「お楽しみは、これだけじゃないのよ」

「……え？」

「来週の火曜、創立記念日でしょ？　よかったら、私のうちに来ない？」

「い、いいんですか？」

「ええ、住所はあとで教えるわ」

今度はゆったりした時間の中で、大人の女性と男女の契りを交わせるのだ。

もう死んでもいいとさえ思ったが、亜矢香と禁断の関係に及んだ経緯は気にかかる。

「あの……」

「ん？」

質問しようと口を開いた刹那、美咲の視線が股間の肉槍に注がれた。

「やだ、まだ勃ちっぱなしだわ」

「……え？」

下腹部に目を落とすと、ペニスはギンギンに反り返り、どうやら蒼い欲望は一回の放出では満足できないらしい。

女教師は舌なめずりしたあと、スカートをたくしあげ、皓太の腰を大きく跨いだ。

「私も……したりないの。挿れちゃうわ」

彼女の瞳はいつの間にか潤み、目元もねっとり紅潮している。

性感の発達した大人の女性は、女陰をこすり合わせただけのプレイでは物足りないようだ。

二枚の唇は鶏冠のごとく突きだし、女肉の狭間が淫蜜でぬらぬら輝いた。

剛直が垂直に立たされ、腰が落とされると同時に亀頭冠が割れ目にあてがわれる。

「む、むむっ」

しっぽり濡れたとば口が先端を優しく包みこむや、ぬかるんだ膣内粘膜がすかさず胴体をすべり落ちた。

「あ、はあぁぁあっ」

「く、おぉぉっ」

ペニスに性電流が走り抜け、天国に舞いのぼるような快美が襲いかかる。

美咲の性感も頂点に達していたのか、こなれた柔肉がうねりくねっては男根を引き絞る。

少年は奥歯を嚙みしめ、両足を一直線に伸ばして結合の感触を味わった。

「あぁ……おチ×チン、コチコチ……すぐにイッちゃいそうだわ」

女教師は低い声で言い放ち、豊満なヒップを上下に振りたてる。

「あ、おおぉっ」

ドスンドスンと、真上から叩きつける杭打ちピストンに息が詰まった。柔肉が早くも収縮を始め、硬直の逸物を縦横無尽に引き絞った。

放出したばかりにもかかわらず、射精欲求が瞬時にして極みに導かれ、快楽の火の玉が全身を駆け巡る。

「はあぁっ、いいっ、いいわぁ！　おチ×チン硬くて、大きい。雁が気持ちいいところに当たるのぉぉっ!!」

美咲は膝を立て、本格的なピストンで牡の肉を蹂躙した。

恥骨をガンガン打ちつけ、豊かな乳房をゆっさゆっさと揺らし、はたまたヒップをグラインドさせてはイレギュラーな刺激を吹きこむ。

大量の愛蜜が溢れでているのか、結合部から卑猥な肉擦れ音が絶えず洩れ聞こえ、陰嚢から会陰を温かく濡らした。

「せ、先生……イクっ……イッちゃいます」

年端もいかない少年が過激な抽送に耐えられるはずもなく、腰部の奥で甘美な鈍痛感が何度も走り抜ける。

「はぁぁあ、いいわ、イッて、たくさん出して！　私もイッちゃいそうよ!!」

美咲は上ずった口調で告げたあと、大きなストロークから腰の打ち振りをトップギアに跳ねあげた。

「ぐ、はぁぁあぁっ！」

ヒップが太腿をバチンバチンと打ち鳴らし、男根がぬめりの強い淫肉で揉みくちゃにされる。

亀頭冠が子宮口をつつくたびに鈴口が掻痒感に包まれ、快楽の渦が勢いを増しながら下腹部を覆い尽くしていく。

「はあぁっ！　イクっ、イッちゃう！」

「ぼ、ぼくもイッちゃいます！」

亜矢香の蜜壺も、これほどの肉悦を与えてくれるのだろうか。

美咲との関係を続けていれば、いずれは美少女との接点もあるのではないか。

淡い期待に思いを巡らせつつ、皓太は残るありったけのザーメンを女教師の肉洞にぶちまけた。

第七章　倒錯と肉悦の大乱交

1

翌週の火曜、盟華学院の創立記念日にあたるその日、皓太は美咲の住むマンションに向かった。

あたりを何度も見まわし、スマホの地図アプリを頼りに閑静な住宅街を突き進む。

(まさか、家に誘われるなんて……今度は、どんなエッチなことしてくれるんだろ)

童貞喪失に続き、アナル開発と前立腺攻めは至高の快楽を肉体に吹きこんだ。

しかも四日前は亜矢香とのレズシーンを延々と見せつけられ、大量の白濁液をしぶかせてしまったのである。

刺激的な体験の連続が頭から離れず、もはや彼女なしの生活など考えられない。もちろん勉強など手につくわけもなく、朝から晩まで淫靡な行為を思い浮かべてはペニスを硬直させた。

(あぁ……チ×ポと尻がムズムズする。先生、また射精禁止令を出すんだもんな)

今回は性器を拘束されなかったため、欲望は自慰行為で発散できたが、女教師の指示に逆らう気はさらさらない。

射精管理を命じたということは、すなわち彼女との関係継続を意味し、オナニーなどしなくても至高の悦楽を味わわせてくれるのだ。

(先生に手コキされてから二十日も経ってないのに、こんなにすごい体験ができるなんて……亜矢香ちゃんが現れたときは、ホントにびっくりしたっけ)

二人は、いつからつき合っていたのか。

カウンセリング室での光景を振り返れば、昨日今日始まった交際とは思えない。

赴任してから半年足らずで、教え子二人といかがわしい行為に耽る教師がいるとは信じられないが、性欲溢れる少年にとってはそんなことは眼中になかった。

童貞喪失前はオナニーだけでも罪悪感を覚えていたのだが、今は性に対する執着が以前よりも増して内から噴きこぼれている。

美咲の命令なら、どんな理不尽な要求でも受けいれてしまうかもしれない。

心と身体のバランスが取れず、今の皓太は我を見失っていることにまったく気づいていなかった。

(きっと……そのうち……亜矢香ちゃんとも)

都合のいい展開が頭を掠《かす》め、口元がにやついてくる。

ペニスは早々とフル勃起し、肛門括約筋がヒクヒクと疼いた。

「あ……ここだ」

小さな児童公園を通りすぎ、横道に入ったところで、皓太はクリーム色の外壁の建物を仰ぎ見た。

六階建てのマンションはエントランスが広く、両脇に設置されたレンガ塀の花壇が洒落《しゃれ》た雰囲気を醸しだしている。

(けっこう……大きいな。先生、ここで一人暮らししてるんだ。保健教諭だけでなく、カウンセラーも兼ねてるし、そんなに給料がいいのかな？　ひょっとして、いいとこのお嬢様なのかも)

考えてみれば、美咲の経歴は一度も耳にしたことがなく、出身地もどこの大学を出たのかも知らない。

（しょっぱなから刺激的な体験の連続で、世間話なんてしなかったもんな）

皓太は苦笑を洩らしたあと、エントランスに近づき、壁に備えつけのインターホンパネルを覗きこんだ。

「六〇五号室だったな……先生、最上階に住んでるんだ」

震える指で数字のボタンをプッシュし、胸をドキドキさせて待ち受ける。やがてスピーカーからハスキーボイスが響き、少年は緊張に身を引き締めた。

「はい……どなた？」

「あ、あの……皓太です」

「待ってたわよ。部屋のドアは開けてあるから、そのまま入ってきて」

「は、はい、わかりました」

すぐさまガラス扉の開錠する音が聞こえ、人影がないことを確認してから出入り口に向かう。

人目を気にしてしまうのは、どこか後ろめたい気持ちがあるからなのか。

（教師と教え子がエッチしてるんだもんな。やっぱ、普通じゃないんだろうけど）

まともな理性が働いたのも一瞬のことで、エレベータに乗りこむや、性獣モードに突入する。

時刻は午後一時過ぎ。美咲と二人きりで過ごす時間はたっぷりあるのだ。

六階に到着するまで、皓太はそわそわと落ち着きなく肩を揺すった。

エレベータの扉が開いて廊下に出るも、雲の上を歩いているように足元がおぼつかない。

「えっと……こっちかな？」

右往左往したあと、右側の通路を突き進めば、突き当たりの部屋の表示パネルに六〇五の数字が見て取れた。

（……ここだ）

扉の前でいったん立ち止まり、深呼吸してからドアノブに手をかける。

ゆっくり回しながら扉を開け、隙間から覗きこむと、廊下の奥にある内扉が開き、ワンピース姿の美咲が姿を現した。

「あ、こ、こんにちは」

「いいわよ、そのまま入ってきて」

「は、はい……失礼します」

サマーニットの布地がぴっちり張りつき、流麗なボディラインを際立たせている。丈も異様に短く、まるでミニスカートを穿いているように見えた。

（あぁ、太腿がむちむち……先生、色っぽいよぉ）

化粧も学校にいるときとは違い、ブラウンのアイラインにベージュピンクのチーク、そしてグロス入りなのか、艶めいた深紅《しんく》のルージュに惚けてしまう。

大人の女性が放つ色香に、皓太は早くもノックアウト寸前だった。

「さ、あがって」

「お、お邪魔します」

靴を脱いで間口にあがると、美咲は廊下の右側にある扉を開いて手招きする。

左側にあるふたつの扉は、浴室とトイレだろうか。

「早くいらっしゃい」

「は、はい、すみません」

早足で入室すれば、衣服の掛けられたスタンドハンガーの他、本棚や簡易ベッド、床の隅に置かれたバッグ類が目に入った。

どうやら、この部屋は物置代わりに使用しているらしい。

「……２ＬＤＫですか？」

「そうよ」

「すごいですね。こんなマンションに住めるなんて」

「そんな大した物件じゃないわ。ここ、駅からちょっと離れてるでしょ？　見かけと違って、家賃はそれほど高くないのよ」

「内扉の向こうが、リビングですか？」

「そうよ、そのとなりが私の寝室。ここは荷物置きに使用してるけど、友だちが来たときに泊まってもらう部屋でもあるのよ。いわゆる、ゲストルームね」

美女の寝室を目にしたい気持ちはあるが、とても図々しい頼み事はできない。

それよりも今は牡の淫情が限界まで膨らみ、胸が締めつけられるほど苦しかった。

「立ってないで、ベッドに腰かけてもらってかまわないわよ。何か、飲む？」

「あ、は、はい……アイスコーヒー、ありますか？」

「あるわよ、ちょっと待ってて」

美咲が部屋から出ていき、とりあえずひと息つくも、心臓の拍動は止まらない。

禁欲を強《し》いたペニスは快楽を欲《ほっ》し、いきり勃ったままなのだ。

ベッドに腰かけようとした刹那、皓太は何気なく中サイズの本棚に目を向けた。

児童心理学や教育関係の本など、専門書がずらりと並べられ、俗物的な本は一冊も見られない。

「……ん？」

本棚のいちばん端にある分厚い背表紙は、どこかで目にした記憶がある。

(どこで見たんだっけ……あ)

身を屈《かが》めて金色の刺繍《ししゅう》文字を確認すれば、「盟華学院大学卒業アルバム」と記されていた。

(先生……盟学の卒業生だったんだ。知らなかったな……そうか、姉さんに見せてもらったアルバムと同じ作りなんだ)

アルバムを棚から取りだそうとしたところで美咲が部屋に戻り、思考が中断される。

彼女はグラスを手渡し、ペットボトルのアイスコーヒーを注ぎ入れた。

緊張から喉はカラカラの状態で、一気に飲み干して大きな溜め息をつく。

「足りなかったら、まだあるわよ」

「あ、大丈夫です」

「そう……座りなさいな」

「あ、じゃ、失礼して……」

言われるがままベッドに腰かければ、美咲はグラスとペットボトルをベッド脇のサイドテーブルに置きながら問いかけた。

「約束どおり、ちゃんと溜めてきたの?」

胸の鼓動がいちだんと高まり、無意識のうちに腰がくねりだす。

（あぁ……先生、してほしい、すぐにしてほしいです！）

はしたない願望をすぐにでも告げたいが、恥ずかしくて言えない。

「溜めてきたのかって、聞いてるのよ」

美咲が間合いを詰めるや、甘やかな香水の香りが鼻腔を掠め、欲望のタイフーンがなおさら勢力を強めた。

「それとも……我慢できなくて、自分でしちゃったのかな？」

むっちりした太腿を目にしただけで全身の血がヒートし、ジーンズのフロントがマストのごとく突っ張る。

「が、が、我慢して……きました」

「ホントかしら？」

「ほ、本当です！」

根元を拘束された一週間の禁欲に比べたら、四日間など屁でもない。しかも今日は校内ではなく、誰の目も届かない場所で快楽に浸れるのだ。

「調べてあげようかしら？」

「あぁ、先生」

湿っぽい吐息を耳に吹きかけられただけでメロメロになり、性的な好奇心と射精欲求が上昇気流に乗った。

「このあとは、何も用事はないんでしょ？」

「は、はい」

「まだ一時過ぎだもの、時間はたっぷりあるわ。今日は、いったい何回射精するのかしら？」

「……あぁ」

媚びた視線から心の内を察したのか、美咲が肩に手を添えて誘いをかける。

ためらう理由などあろうはずもなく、皓太は虚ろな表情でコクコクと頷《うなず》いた。

「ふふっ、いやらしいことばかり妄想してたんでしょ？」

「はい、ずっと考えてました」

「どんなことかな？」

女教師は身を転回させ、まろやかなヒップを突きだして左右に揺らす。

（はあぁ……おっきなお尻）

四日前の杭打ちピストンを思い浮かべ、股間の膨らみを拳で押さえつければ、いななくペニスが一刻も早い放出を訴えた。

果たして、今日はどんな淫らな行為をされるのか。

美咲が振り返り、前屈みの体勢から艶やかなリップを近づける。

この唇でフェラチオされたら、おそらく一分と保《も》たないのではないか。

まずは甘いキスを予感した瞬間、女教師はなぜか身を起こし、焦らしのテクニックで少年の性感をあおった。

「悪いけど、ちょっと待っててくれる？　実はこのあと、すごいイベントを用意してるのよ」

「イ、イベント？」

「そう、もしかすると……おチ×チン、爆発しちゃうかも」

「ええっ!?」

猛烈な期待感が胸の内に広がり、心臓がパクパクと大きな音を立てる。

果たして、セックスや前立腺攻め以上の快楽がこの世に存在するのか。

好奇心がくすぐられ、皓太の目はいやが上にもきらめいた。

「その代わり、すべて私の言うとおりにすること」

「は、はいっ、もちろんです！」

「拒絶や反論は、いっさい禁止だからね」

「しません！　絶対にしませんっ!!」

「ふふっ、私が戻ってくるまで、部屋の中を探ったらだめよ」

女教師が念を押してから部屋を出ていき、あまりのうれしさに身をよじる。

以前の自分なら、確かに私物を漁《あさ》っていたかもしれないが、今は魅力的な大人の時間が控えているのだ。

（それに、この部屋には下着類は置いてなさそうだし。そういえば……亜矢香ちゃんのパンティ、どうなったんだろ）

美少女のお宝は美咲に預けるかたちになり、その後はどうなったのか、何も聞かされていない。

ふと、どす黒い不安が脳裏をよぎった。

美咲は亜矢香とも、教師と教え子を超えた関係を結んでいる。

カウンセリング室での二人の振る舞いを思い返せば、恋人同士といっても過言ではなかった。

（ま、まさか……俺が彼女の下着を盗んだこと、話してないよな）

美少女の自分を見る目は以前と変わらず、単なるクラスメートの一人といった印象しか受けない。

(亜矢香ちゃんの様子からしたって、聞いてるはずないよ。それに最初から話すつもりなら、お仕置きだってする必要ないもんな)

仕置きといっても、少年にとっては極楽以外の何ものでもなかったが……。

不安の影が徐々に薄れたところで、再び性欲の嵐が男の中心部に吹き荒れる。

股間の膨らみを撫でさすりつつ、皓太はこれから享受《きょうじゅ》するであろう究極の快楽を今か今かと待ちわびた。

2

(先生……どうしたのかしら?)

心地いいジャズ音楽が流れるなか、亜矢香は美咲の寝室の床に腰を下ろし、出入り口の引き戸をじっと見つめていた。

インターホンが鳴り響いたあと、彼女は部屋を出ていったきり戻ってこない。

今日は憧れの女性に初めてお呼ばれされ、精いっぱいのオシャレをして来訪したのである。情熱的なキスを交わし、さあ、これからというときに邪魔が入るとは、なんともタイミングが悪い。

（それにしても……素敵なマンション）

となりのリビングは十二帖ほどの広さで、ソファやテーブルセットはブラックで統一されており、落ち着いた雰囲気に感嘆の溜め息をこぼした。

寝室は甘ったるい芳香がふわふわ漂い、ライトブラウンのカーテン、アイボリーのベッドカバー、ワインレッドの絨毯の他、いかにも高級そうなチェストにドレッサーと、こちらもセンスのいいインテリアに目を奪われてしまう。

（先生……いつも、このベッドで寝てるんだ）

うっとりした表情でベッドカバーに頬ずりした直後、部屋の引き戸が開き、少女は慌てて身を起こした。

「ごめんなさいね、待たせちゃって」

「あン、先生……誰か来たんですか？」

「うん、そのことなんだけど……」

美咲は真横に腰を下ろし、肩を抱き寄せて唇にソフトなキスを浴びせる。そして髪を梳きつつ、思わぬ話を切りだした。

「今日、あなたをここに呼んだのは理由があって、実は……下着泥棒の犯人がわかったの」

「……え？」

「下着、盗まれたでしょ？　その犯人を見つけたの」

頭の中が混迷し、考えがまとまらない。

下着を盗まれた一件は頭の片隅に残っていたが、美咲と深い関係を築いてからは忘れるように努力してきた。

今頃になって、思いだしたくない出来事をぶり返され、心が千々に乱れる。

「本当はね、あなたの下着が盗まれた日、不審な男子生徒を見つけて、話を聞いて白状させたのよ」

「えっ!?」

突然の告白は、少女に大きな衝撃を与えた。

まさか、下着を盗まれたその日に窃盗犯を見つけていたとは……。

「ごめんなさいね、今まで黙っていて。本人は泣きながら反省してるし、どうしたものかと、先生もずっと悩んでたの。公《おおやけ》にすれば、その子の将来にもかかわることになるでしょ？」

「は、はい」

「下着は私が預かって洗濯しておいたけど……どうする？」

「い、いいです……もう、いりません」

たとえ洗濯済みでも、気持ち悪くて身に着けられそうにない。

気まずげに答えると、美咲はすかさずフォローに走った。

「そう、そうよね。女性心理としては、やっぱりいやよね。じゃ、こちらで処分しちゃって、かまわないかしら？」

「すみません……お願いします」

「わかったわ」

先ほどとは打って変わり、重苦しい雰囲気が漂う。しばし沈黙の時間が流れたあと、女教師はためらいがちに口を開いた。

「でね……あの事件のあと、彼とのカウンセリングも定期的にしてるの」

「……え？」

「生徒を正しい方向に導くのが、私の仕事だから。それで……彼ね、謝りたいって言ってるの」

「……は？」

「直接会って、謝りたいって」

「そ、そんな……ま、まさか!?」

「そうなの、今、ここに来てるのよ」

驚きの展開に動揺し、心臓が萎縮する。美咲はすぐに手を握りしめ、鷹揚とした態度で言葉を続けた。

「どうかしら？　会ってみる？」

一時的にとはいえ、男子生徒は使用済みの下着を手にしたのである。恥ずかしさと生理的嫌悪から、どうしても拒否反応を起こしてしまう。

「あ、会いたく……ないです」

率直な心境を告げると、美咲は小さく頷いた。

「気持ちはよくわかるわ。でもね……彼の行為は、本来なら警察沙汰になってもおかしくない犯罪なのよ。ここで不問にしてしまったら、二度三度と同じことをするかもしれないわ。それだけは、絶対に避けたいの。あなただって、下着を盗んだ男子を許せない思いはあるでしょ？」

彼女の言い分はもっともで、確かに窃盗犯に対しての怒りが再び噴出し、できれば大きな罰を与えたい。

それでも恐怖心が先立ち、亜矢香は女教師の説得に困惑するばかりだった。

「ちゃんと、先生が立ち会ってあげる」

「……え？」

「あなたは、何も話さなくていいわ。もちろん言いたいことがあるなら、いくらでも責めたってかまわないのよ。相手はそれだけのこと、してるんだもの」

「先生も……いてくれるんですか？」

「当然でしょ。この仕事をしてなかったら、私だってひっぱたきたいくらいだわ」

美咲がにっこり笑って本音を打ち明けると、気持ちがスッと楽になった。

憧れの女性がそばにいてくれるなら、不安なことなど何ひとつない。

「……わかりました」

「そう、じゃ、行きましょうか。彼、客間で待ってるから」

「……はい」

覚悟は決めたものの、今度は緊張から足が震えてしまう。亜矢香は美咲の背後から腕にしがみつき、やや怯えた表情で寝室をあとにした。

卑劣な破廉恥漢は、どんな男なのだろう。

見知っている人物か否か、誰のものでもよかったのか、それとも自分に狙いを定めていたのか。

女子更衣室は個人のロッカーがなく、どの棚に私物を置くかは利用する日によってまちまちだ。

（もし私の下着が目的なら、スポーツバッグの色や型を以前から知っていたことになるわ……気持ち悪い）

下着泥棒は、危険を冒《おか》してまで裏手の小さな窓から侵入したのである。

またもや嫌悪から顔をしかめるなか、美咲はリビングから廊下に出たところで足を止め、小さな声で制した。

「ちょっと、ここで待ってて。様子を見てくるから」

「は、はい」

「安心なさい。私がついてるんだから」

女教師は自信たっぷりに言い放ち、客間に向かって歩を進める。そして扉を開け、毅然とした態度で室内に入っていった。

（あの部屋に……パンティ泥棒がいるんだわ）

心の隅で燻っていた怒りの炎が、ここに来てメラメラと燃えあがる。

少女の眉は次第に吊りあがり、いつしか鋭い眼差《まなざ》しを客間に向けていた。

3

「え……ど、どういうことですか？」

「だから、坂口さんが来てるのよ」

美咲の口から放たれたよもやの言葉に、皓太は茫然自失した。

先ほど抱いた不安が現実のものとなり、今度は激しく取り乱す。

「ぼ、ぼくが下着を盗んだこと……話しちゃったんですか？」

「ええ、たった今」

なぜ亜矢香を呼んだのか、女教師が何を考えているのかも理解できない。

(ど、どうしよう……どうしたら、いいんだよ)

身の毛がよだつほどの戦慄に怯えた瞬間、美咲が満面の笑みをたたえる。

「安心して」

「……え？」

「悪いようにはしないから」

「ど、どういう意味ですか？」

「さっき、伝えておいたでしょ？　すべて私の言うとおりにすること、拒絶や反論もしちゃだめだって」

「……あ」

「すごいイベントを用意してるとも言ったわね？」

「あ、あ……」

彼女は、最初から亜矢香と合わせることを目論《もくろ》んでいたのだ。

（おチ×チンが爆発しちゃうイベントって、どういうことだよぉ）

不安が次第に期待感に取って代わるも、突然の出来事に考えがまとまらない。

「ぼ、ぼく、どうしたらいいんですか？」

「とりあえず、誠心誠意謝ること。あとは、すべて私に任せて」

「誠心誠意……」

「わかった？」

「は、はい」

「じゃ、呼ぶから……そうね、正座で待っていたほうがいいかも」

「……わかりました」

ベッドから床に下り、両膝をついて居住まいを正す。

美咲はクスリと笑ったあと、部屋から出ていき、皓太はひたすら顔をしかめた。

こうなった以上、今は運を天に任せるしかないが、やはり恐怖心は拭《ぬぐ》えない。

(先生の言い分はわかったけど、どういうつもりなんだ?)

下着を盗んだ加害者の少年と被害者の少女を会わせることで、彼女に何のメリットがあるというのか。

いくら頭をひねっても答えは見いだせず、凄まじい緊張から身が震えだす。

再びドアが開き、美咲の姿が視界に入ると、口の中がカラカラに渇いた。

「さあ、いらっしゃい」

情けない思いから、亜矢香の顔をまともに見られない。皓太はとっさに額を床に押しつけ、土下座の状態で待ち受けた。

「ご覧のとおり、本人も反省してるのよ」

「す、す、すみませんでした!」

視界の隅に、ほっそりした足が入りこむ。

わずか数メートル離れた場所に、憧れの美少女が佇《たたず》んでいるのだ。

「顔を上げなさい」

美咲の命令でも身体が動かず、忘却の彼方に吹き飛んでいた後悔と罪悪感が津波のごとく押し寄せた。

「謝罪するなら、相手の目を見て言うのが当たり前のことじゃないかしら？　もしかして……反省は見かけだけなの？」

女教師の主張はもっともで、返す言葉もない。

（あぁ……恥ずかしい、死にたいほど恥ずかしいよ）

この状況で、本当に丸く収まるのか。期待に添えるイベントなど絵空事で、変態少年を徹底的に懲らしめることが目的なのではないか。

カウンセリング室で、二人は仲睦まじい姿を見せつけていた。

恋人に近い関係を結んでいるのは疑う余地のない事実で、本来なら寵愛《ちょうあい》していた少女の下着を盗んだ冴えない劣等生を許せるわけがないのだ。

どこからどう見ても、美咲はサディスティックな性格の持ち主である。

亜矢香とともに変態少年を苛《さいな》むことで怒りを晴らしつつ、自身の性嗜好を満足させるつもりなのかもしれない。

「顔を上げて謝罪しなさいって、言ってるのよ」

「は、はい」

いつまでも土下座しているわけにはいかず、皓太は恐るおそる頭を起こした。

「え……里村……くん？」

衝撃の言葉が耳に届き、驚きに目を丸くする。

（う、嘘だろ？　俺が犯人だって……まだ言ってなかったのかよ）

少女は、どんな顔で自分を見つめているのだろう。

窃盗犯人は、同じクラスの斜めとなりに座る男子生徒だったのだ。

ショックを受けているのか、呆れているのか、侮蔑の眼差しを向けているのか。

想像しただけで、羞恥から身が裂かれそうだった。

「さあ、ちゃんと謝りなさい」

上目遣いに様子を探れば、亜矢香は口元に手を添え、信じられないといった表情をしている。

（あぁ……あの顔、やっぱり軽蔑してるんだ）

もとより報われるはずもない恋ではあるが、これで交際する可能性は完全についえてしまった。

今後いっさい、彼女は口をきくどころか、目も合わせてくれないだろう。

肩を落としたあと、皓太は震える声で謝罪の言葉を述べた。

「ご、ごめんなさい……ホントに申し訳ありませんでした」

あまりの情けなさから、涙が込みあげる。鼻を啜《すす》って頭を下げたものの、美咲の追い打ちはこれだけにとどまらなかった。

「それで……終わり？」

「え、あ、あの……」

「果たして、謝罪しただけで許されることなのかしら？」

何を言いたいのか理解できず、眉間に皺を寄せたところで、女教師はとんでもない要求を突きつけた。

「服を脱ぎなさい」

「……は？」

「女の子にとってはね、異性に下着を触られるのはとても恥ずかしいことなの。あなたも同じような思いをしなければ、本当の謝罪とは言えないんじゃないかしら？」

罪の償いとして、クラスメートの女子に裸体を晒せというのか。

年頃に少年にとっても卒倒しそうな罰であり、背筋に悪寒が走った。

（マ、マジかよ）

話を通していなかったのか、亜矢香は毒気に当てられ、止める気も起きないらしい。

ぱっちりした目を、これ以上ないというほど開いていた。

「さ、早く脱ぎなさい」

「あ、あの……」

言いかけて言葉を呑み、恥部をさらけだす光景を思い描く。

想像の世界で、皓太は亜矢香に何度もペニスを見せつけてきた。

彼女の反応を妄想すれば、昂奮度がより高まり、一瞬にして射精への導火線に火がつくのだ。

現実の世界では拒絶反応があるものの、本能が情欲を騒がせ、海綿体に血液が注がれはじめる。萎えかけていた男根が、ジーンズの下でみるみる容積を増した。

(あ、やばい……また勃ってきちゃった)

無理にでも気を鎮めようにも、獣じみた性欲は一速から二速三速とギアチェンジし、牡の昂《たかぶ》りはあっという間に頑健な肉刀と化す。

(く、くう……この状態で……脱がなきゃいけないのかよ)

美咲はすでに男の生理現象に気づいているのか、あだっぽい視線を男の中心部に注ぎ、目をきらめかせた。

「ためらっていても、埒《らち》があかないわよ。男でしょ？　覚悟を決めなさい」

女教師の言うとおり、今の自分に全裸になる以外の選択肢はないのだ。

ゆっくり立ちあがり、Tシャツを脱ぎ捨て、ジーンズのホックを外してファスナーを引き下ろす。

チラリと様子をうかがうと、亜矢香は眉根を寄せつつも、つぶらな瞳をこちらに向けていた。

(み、見られちゃう……亜矢香ちゃんに、勃起したチ×ポを見られちゃうんだ)

全身の細胞が官能の渦に巻きこまれ、牡の肉が臨界点まで膨れあがる。峻烈《しゅんれつ》なシチュエーションに脳幹が痺れ、猛烈な淫情と期待がこれまで以上の高揚感を促《うなが》す。

異様な昂奮に駆られたまま、皓太は紺色の布地とパンツを捲り下ろしていった。

4

(先生、いいの？　ホントに……脱がせるの？)

信頼する女教師にすべてを任せたものの、まさかこんな展開が待ち受けていようとは夢にも思わず、亜矢香は啞然とするばかりだった。

美咲の指示どおり、少年はジーンズをためらいがちに引き下ろす。

皓太を目にしたときは、さすがに大きなショックを受けた。

同じクラスになってから半年経つが、これまで会話を交わしたことは一度もなかったのである。

ルックスも学業の成績も並以下で、異性として惹かれるタイプではないが、真面目でおとなしく、決して悪い印象は抱いていなかった。

気弱な性格だと思っていたのに、あんな大胆な犯罪行為に手を染めたとはいまだに信じられない。

（でも……れっきとした事実なんだわ。この人が、私の下着を盗んだのは）

あまりの衝撃に、薄れかけていた怒りの感情が沸々と込みあげる。

とはいえ、「目には目を」といった美咲のやり方にも疑問は隠せない。

自分は、いったいどうするべきなのか。

年上の女性を諫《いさ》める勇気もなく、亜矢香は皓太の脱衣シーンをただ黙って見つめるしかなかった。

「どうしたの？　手が止まってるわよ」

閉じた目からひと筋の涙がこぼれ落ち、胸の奥がチクリと痛む。

ここまで反省しているのなら、許すべきなのかもしれない。

心優しき少女が制そうとした直前、少年はジーンズを一気にずり下ろした。

股間の逸物が反動をつけて跳ねあがり、下腹をバチーンと叩く。

（……きゃっ!?）

真っ赤に張りつめた先端、真横に突きだしたえら、太いミミズをのたくらせたような静脈。勃起した男性器を初めて目《ま》の当たりにした亜矢香は、身を引きざま口を両手で覆った。

小柄に不釣り合いな性器が天に向かって隆々と反り勃ち、子供の頃に見た男児のペニスとは明らかに違う。

「いやだわ……どういうつもり？」

美咲は呆れた声で言い放ち、皓太にゆっくり近づいた。

彼女は、いったい何をするつもりなのか。固唾《かたず》を呑んで見守れば、美しい手が肉筒に伸び、指先が宝冠部をピンと弾いた。

「あ、うっ」

少年は腰を折り、両手で恥部を隠したが、女教師は険しい顔つきで咎める。

「だめよ、ちゃんと見せなさい。ほら、真っすぐ立って。こちらを向いて、直立不動の体勢をとるの」

皓太は口元を歪めたあと、言われるがまま股間から手を離し、やや俯き加減から背筋を伸ばした。

ペニスの裏側は太い芯が入り、ふたつの肉玉が吊りあがっている。もともと体毛が薄いのか、陰毛は少なめで、性器の形状や色艶がはっきり確認できた。

（あ、あんなに……なっちゃうんだ）

グロテスクという印象は拭えないが、なぜか牡の紋章から目を離せない。あんな大きなものが膣の中に入るなんて、とても考えられなかった。

「どういうつもりかって、聞いてるのよ。反省してるのよね？」

「は、はい」

「じゃ、なんで勃起させてるの」

美咲の言葉に我を取り戻し、ハッとする。

勃起は性的な刺激を受けた脳が下腹部に信号を送り、海綿体に大量の血液が注ぎこまれて起こる現象だ。

つまり皓太は今、性欲を覚醒させており、とても反省しているとは思えない。

（どういうこと？　恥ずかしいんじゃないの？　あ、やっ）

訝《いぶか》しんだ直後、美咲は人差し指と親指でペニスの先端をつまみ、クリクリと左右にひねった。

「あ、おおっ」

少年は痛そうな顔をしたものの、なぜか腰を切なげにくねらせ、亀頭の切れこみに透明な粘液を滲ませた。

「あら、何、これ？　変なおつゆが出てきたわよ」

「あ、あぁ、あぁぁっ」

彼の目は瞬く間に虚ろと化し、荒々しい吐息を間断なく放つ。頬が朱色に染まり、どこから見ても昂奮しているとしか思えなかった。

「何を考えてるの。先走りの汁を、こんなに出させて」

指が先端をこねまわすたびに、とろみがかった先走りとやらが滾々と溢れだす。

この現象の知識はなかったが、女性の愛液と同じ成分なのかもしれない。

思いがけぬ展開に、顔が熱く火照った。

彼はどういう心境でいるのか、どうして欲情しているのか。

理解こそできなかったが、胸がドキドキしだし、いつしか身を乗りだして少年の反応と性器を注視した。

「いやらしい子だわ。裸を女の子に見せて、昂奮してるなんて」

やはり、皓太が性衝動を募らせているのは間違いなさそうだ。

美咲は吐き捨てるように呟き、ペニスから手を離すや、振り返りざま問いかけた。

「坂口さん、どうする？」

「……え？」

「あなたが受けた恥ずかしさを味わってもらうつもりが、逆効果だったみたい。これじゃ、とても反省してるとは言えないわ」

話を振られても困る。突拍子もない出来事の連続に、今は正常な判断能力などないに等しい状態なのだ。

「……そうだわ」

何かを思いついたのか、女教師はこちらに歩み寄り、またもや予想不可能な言葉を耳元で囁いた。

「下着、もういらないんでしょ？」

「……は？」

「返してほしくない、処分してほしいって、言ってたわよね？」

「え、ええ」

「いいこと考えたの。今度こそ、あの子に辱《はずかし》めを与えられる方法よ」

「あ、あの……」

「私に任せて、ねっ？」

美咲はうれしげに目配せし、部屋の隅に向かう。そしてクローゼットの扉を開け、中から茶色の紙袋を取りだした。

「里村くん……これ、何だかわかる？」

小首を傾《かし》げた直後、悪い予感が脳裏をよぎり、口元を強《こわ》ばらせる。

（ま、まさか……）

彼女が袋の中から取りだしたものは、紛れもなく亜矢香のパンティだった。

いくら洗濯したものとはいえ、窃盗犯人の前で再び見せびらかすとは……。

聡明な女性とは思えぬ浅はかな行動に、頭が混乱する。

「あなた、下着を盗んだあと、男子トイレに入ったのよね？　そこでしてたこと、再現してみなさい」

「……え？」

皓太は呆然とし、たちまち泣き顔に変わった。

美咲は間髪をいれずに下着を差しだし、さらに追い打ちをかける。

「いい？　最初から最後まで全部よ」

「あ、あ……」

女教師の言い分から推察するに、彼は自身の行為をすべて打ち明けているらしい。

盗んだ下着を男子トイレに持ちこみ、何をしたのか。

亜矢香は拳を握りしめ、緊張の面《おも》持ちで皓太を注視した。

「さ、最初から……最後まで？」

「そうよ、早くおやりなさい」

少年は口をへの字に曲げ、手渡された下着を恨めしげに見つめる。それでも拒絶することなく、やがてクロッチを剝きだしにさせた。

（う、嘘っ⁉）

全身の血が逆流し、顔がカッと熱くなる。愕然とした直後、彼は股布の裏地に鼻をゆっくり近づけた。

「あ、やっ⁉」

驚きの光景に悲鳴をあげ、またもや口を両手で覆う。

洗濯されているとはいえ、盗まれたときは半日穿いた代物だったのである。

当然のことながら、体内から分泌された汚れはかなり付着していたに違いない。

年頃の乙女がいちばん見られたくないものを、少年は穴の開くほど凝視し、匂いまで嗅いだのだ。

（さ、最低っ！）

生理的嫌悪に総毛立ち、羞恥に勝る怒りの感情が噴きだす。

こんな変態少年と、同じ教室で同じ空気を吸っていたとは……。

考えただけでおぞましく、この世から消えてほしいと心の底から思った。

「あ、ああっ」

皓太は下着から鼻を離したものの、目はとろんとしており、ペニスは相変わらず硬直を崩さない。

「それだけじゃないでしょ？」

美咲が問いかけると、今度はためらうことなく、いそいそと下着を下ろしてウエストを両指で開く。

（え、えっ⁉）

まさに、想像を絶する出来事が目の前で起きようとしていた。

少年は下着に足を通し、純白の布地を引きあげて着用を試みる。上背はそれほど変わらず、体形も貧弱ではあるが、女子の下着を男子が穿けるわけがないのだ。

案の定、パンティは太腿の中途でとどまり、コットン生地が張り裂けそうなほど引き攣《つ》った。

内股の姿勢が、滑稽かつ異様な印象を与える。

汚いものを見るような目をすれば、皓太は下着を強引に引きあげ、ウエストから指を離した。

パチンという音に続き、パンティの上縁から牡の肉が半分だけ顔を覗かせる。

本来なら人に見られたくない姿のはずなのに、少年の目は焦点を失い、恍惚の境地に浸っているとしか思えなかった。

「へ、変態」

思わず侮蔑《ぶべつ》の言葉を口走れば、皓太は腰をぶるっと震わせる。

もしかすると、辱めを受けることで昂奮する性嗜好があるのかもしれない。男性の並々ならぬ性への執着と倒錯的な行為に、亜矢香は慄然とするばかりだった。

「あ、あ……も、もう……イキそうです」

「だめよ、何言ってるの！　我慢なさい」

まさか、彼はこの状況から放出するつもりなのか。

ペニスは相変わらず硬直を維持し、先端の肉実がパンパンに張りつめている。

不快感を隠せぬ一方、なぜか胸の高鳴りを抑えられない。

精子はどんな質感をしており、どれほど出るものなのだろうか。

好奇心がムクムクと頭をもたげ、真剣な表情で股間の一点に視線を向ける。

「それにしても……なんて恰好《かっこう》なの。坂口さんに見られて、恥ずかしくないの？」

「は、は、恥ずかしいです」

「それにしては、おチ×チン、勃起したままじゃない？」

「す、すごく溜まってるから……」

「いやらしい子ね」

美咲はそう言いながらパンティのウエストを引っ張り、限界まで伸びたところで指を離す。

「あ、はっ！」

パチーンという音が室内に響いた瞬間、皓太は天を仰ぎ、両足を小刻みにわななかせた。

宝冠部がブワッと膨らみ、鈴口から白濁の噴流が迸《ほとばし》る。

濃厚な牡のエキスは一メートルほど舞いあがり、なだらかな放物線を描いて亜矢香の足元に着弾した。

（ひっ！）

驚きの表情で仰け反るなか、少年の吐出《としゅつ》は一度きりでは終わらない。

「あ、おおおぉぉっ」

低い呻《うめ》き声とともに次々と放たれ、フローリングの床に白い池だまりをいくつも作っていった。

想像以上の迫力ある射精に言葉が見つからず、ただ呆然と立ち尽くす。

すかさず栗の花の香りが鼻腔を突き、あまりの臭気に頭がクラッとした。

「あらあら……我慢しなさいって、言ったのに。こんなに床を汚しちゃって」

「ご、ご、ごめんなさい」

皓太は謝罪したものの、顔は愉悦に歪み、いまだに内股の体勢からペニスをひくつかせている。

大量放出したにもかかわらず、肉筒はいっこうに萎える気配を見せなかった。

「あなたには、もっときついお仕置きが必要みたいね」

美咲は艶然とした笑みをたたえ、スタンドハンガーの下に置かれたボストンバッグを引き寄せる。

(な、何？　今度は……何をするの？)

亜矢香の中から、すでに憤怒《ふんぬ》の感情は跡形もなく消え失せていた。

犯人にも恥ずかしい思いをさせるという目的なら、局部を晒させ、盗んだパンティを穿かせただけでも十分である。

射精した事実を思えば、確かに心の底から反省しているとは思えないが、これ以上、どんな罰を与えようというのか。

理性が拒絶反応を起こすも、胸騒ぎと好奇心は少しも怯《ひる》まない。バッグの中から取りだした物体が視界に入ったとたん、亜矢香は目を見開いた。

(何……あれ?)

エナメル製の漆黒のベルト、中央から突きでたペニスの形を模した張形が照明の光を反射してなまめかしい光沢を放つ。

美咲は不気味なグッスを腰に装着し、続いて丸ボトルの瓶を手に取った。

「いやだわ、パンティもザーメンでどろどろじゃない。せっかく洗濯したのに」

「す、すみません」

「脱いじゃいなさい」

「は、はい」

皓太が指示どおりに下着を脱ぐと、彼女はすかさず奪い取り、ペニスに被せて付着した精液を拭き取る。

「坂口さんね、このパンティはもういらないって」

「あ、おおっ」

少年は眉尻を下げ、布地に包まれた剛直をビクビクとしならせた。

クラスメートの女子の前でひどい仕打ちを受けているのに、彼は紛れもなく悦楽を得ているのだ。さらに美咲は下着を床に放り投げたあと、腰を落としざま肉棒をゆっくり咥えこむ。

（あ……先生、や、やめて）

フェラチオの知識こそあるが、愛する人が男の不浄な性器を舐めている事実など認めたくない。

「ン、くっ、ぷぷっ、ぷふぅっ」

「あ、ああっ……」

淫らな吸茎音が洩れ聞こえるたびに、皓太はさも気持ちよさげな顔をし、亜矢香は猛烈な嫉妬に身を焦がした。

それでも深紅のルージュが肉胴にべったり張りつくと、胸が再びモヤモヤしだす。

やや萎えかけていた男根が硬直を取り戻したところで、美咲は口から吐きだし、すっくと立ちあがった。

「後ろを向きなさい。ベッドに手をついて、お尻を突きだすのよ」

「は、はいぃっ」

皓太はこれまた迷うことなく、身を反転させて上体を屈める。

二人の様子を目にした限り、おそらく以前から倒錯的な関係を築いていたのではないか。

恋心を抱いていた女教師が、まさか冴えない男子に情けをかけていたとは……。

ショックではあるし、ジェラシーもある。だが目の前で起きている淫靡な光景は、ちっぽけな感情を吹き飛ばすほどの衝撃を与えた。

ボトルのキャップを外した美咲は、軟膏を思わせる固形物を指で掬《すく》い取り、やたら細長い張形全体に塗りたくる。そして少年の尻肉を割り開き、アヌスにもまぶしていった。

(ま、まさか……)

女教師の目論見《もくろみ》をようやく察し、驚きに目を見張るなか、彼女は顔をこちらに向け、甘ったるい声で誘いをかける。

「こっちにいらっしゃい」

「あ、あ……」

行ってはいけない。女の直感がそう告げるも、亜矢香の足は意に反して前に進んでいた。

床にぶちまけられたザーメンを避け、ふらふらと美咲のもとに歩み寄る。

「ふふっ、かわいいわ……頬が真っ赤よ」

「あぁ……先生」

頬を優しく撫でられただけで、頭がポーッとした。

「あなたも手伝って。被害者でいちばん嫌な思いをしたんだから、この子をしっかり反省させないと」

「で、でも……」

手伝えと言われても、具体的に何をどうすればいいのかわからない。

困惑げな顔をすると、口元にソフトなキスをされ、安息感にも似た気持ちに緊張が和らいだ。

「大丈夫よ、そんなにたいそうなことじゃないから」

「は、はい」

恥ずかしげに頷《うなず》き、親愛なる女教師に心のすべてを預ける。

亜矢香はこのとき、肉体の奥底から愛の泉が溢れだしていることをはっきり自覚していた。

(あぁ……すごい、すごすぎる。頭が爆発しちゃいそうだ)

憧れの美少女に勃起したペニスと射精シーンを見せつけ、なおかつ美麗な女教師に苛まれる。

5

究極のシチュエーションに脳漿《のうしょう》が煮え滾《たぎ》り、アドレナリンが大量に分泌した。

美咲は腰にペニスバンドを装着したあと、亜矢香を呼び、間近で倒錯的なプレイに及ぼうとしているのだ。

快感の微電流は絶えず肌の表面を走り、放出した直後だというのに、牡の肉は硬直を維持したままだった。

尻肉が割り開かれ、アヌスがさらけだされる。

「ふふっ、かわいい窄《すぼ》みだわ」

「あぁ……やぁ」

美少女の戸惑いの声が鼓膜を揺らし、羞恥に身を焦がすも、情欲の戦慄は衰えることなく脳幹を痺れさせた。

後ろ向きの体勢からベッドに両手をついているため、亜矢香の表情まではうかがい知れない。

彼女は今、どんな顔をしているのか。

想像しただけで気分が高揚し、熱感が腰を打った。

「あ、うっ」

グッズの先端が裏の花弁にあてがわれ、不可思議な感触に身を引き攣らせる。

これまで、アヌスに指以外の異物を挿入されたことは一度もない。微かな不安が脳裏をよぎるも、千載一遇《せんざいいちぐう》の好機を逃すわけにはいかないのだ。

(指を二本挿れられても痛くなかったんだから……大丈夫だよ。バイブの胴まわりは直径一センチほどで、そんなに太くないし)

皓太は自ら士気を鼓舞し、意識的に下腹部から力を抜いた。

肛門括約筋が緩むと同時に、ディルドウが禁断の箇所をミリミリと押し広げていく。

「ほうら……入っちゃうわよ」

「む、むむっ」

異物感に唇を歪めたものの、バイブの切っ先は肛穴をなんなく通り抜け、腸内粘膜をこすりながら奥に向かって突き進んだ。

「は、お、おおっ！」

官能電流がビリビリと、脊髄から脳天を光の速さで駆け抜ける。腰の奥がすかさず甘ったるい感覚に包まれ、歓喜に噎び泣くペニスが頭を上下に振った。

「見てごらんなさい。根元まで、ずっぽし入ってるでしょ？」

「……あぁ」

美咲の問いかけに、亜矢香は切なげな吐息を洩らす。今、少女の視線は間違いなく不浄な箇所に注がれているのだ。

腰をもどかしげによじったところで抽送が開始され、体温の上昇とともにえも言われぬ快感が心のハープを掻き鳴らす。

「あ、おっ、おっ」

排泄時の心地いい感覚が身を包み、皓太は低い呻き声を喉の奥から絞りだした。

「ホントに変態だわ……この子、お尻の穴をほじくられて感じちゃってるのよ。お股、覗きこんでごらんなさい」

腸内の振動がそのまま性器に伝わり、倒錯的な状況に胸が甘く軋《きし》む。ペニスは硬直の棒と化し、鈴口から前触れの液がだらだら滴った。

「……やぁ」

美咲に逆らうことなく、亜矢香は身を屈めて股間を覗きこんだのだろう。吐息混じりの声に性感が撫でられ、腰椎がジンジン痺れた。

心拍数が高まり、快感が奥からじわじわ這いのぼる。律動のピッチは徐々に加速し、宝冠部が前立腺を抉《えぐ》るたびに射精願望が頂点に導かれた。

「おっ、おっ、おっ」

油断をすれば、すぐにでも放出へのスイッチが入ってしまいそうだ。

ペニスの疼きが徐々に間隔を狭め、全身の生毛が逆立った。

「あ、あ、だめ、だめです」

「やだわ……まさか、もうイッちゃうの？　さっき、たっぷり出したでしょ。我慢なさい」

「ひっ！」

臀部を平手でピシャリとはたかれ、性感がボーダーラインを割りこむ。美咲は皓太の腕を摑んで引き起こし、身をくるりと反転させてからベッドに腰かけた。

（……あっ!?）

少女の姿をほぼ真正面にとらえ、心臓が口から飛びでそうなほど仰天する。

「せ、先生、な、何を!?」

「何って、そのまんまよ。坂口さんが味わった恥ずかしさを、あなたにも体験してもらうの」

「で、でも……あ」

慌てて俯いた刹那、女教師は股のあいだに美脚を差しこんで広げ、皓太の両足も自然と左右に開いた。

「あ、あ、あぁ！」

顔から火が出る思いとは、まさにこういうときに使うのだろう。

亜矢香の熱い眼差しが陰部に集中し、激しく身をくねらせるも、美咲は腕をがっちり摑んで離さない。

「ほら、あなたの恥ずかしい箇所、たっぷり見てもらいなさい」

「は、あぁあぁっ！」

先走りを溢れさせた屹立、アヌスを貫くディルドウ。同い年の美少女にはしたない姿を晒している事実が、皓太を奈落の底に落とす。

「く、くうっ」

目を固く閉じた直後、湿った吐息が聞こえ、少年は目を微かに開けて様子を探った。

亜矢香は胸に手を添え、肩で息をしている。頰は桜色に染まり、黒曜石にも似た瞳はいつの間にかしっとり潤んでいた。

舌先で何度も唇をなぞりあげ、白い喉をコクンと鳴らす仕草は、まさしく昂奮の坩《る》堝《つぼ》と化しているのではないか。

（ま、まさか、亜矢香ちゃんも……感じてる⁉）

幸いにも彼女は剛直と裏門を注視しており、こちらの視線に気づいていない。

やたらあだっぽい表情が男心をあおり、性感が瞬時にして回復の兆しを見せた。

「は、ううっ！」

美咲が腰を突きあげ、ゆったりした抽送を再開する。

快感の高波が再び打ち寄せ、ディルドウが抜き差しを繰り返すたびに脳幹を七色の光が駆け巡った。

「はっ、うっ、あっ、ああっ」

「坂口さん、あなたは被害者なんだから、乳首でもつねってあげたら？」

美咲の言葉に、皓太はドキリとした。

聞こえたのか聞こえなかったのか、亜矢香は何も答えずに熱に浮かれたような表情で立ち尽くしている。

おそらく、自分も同じ顔をしているのではないか。

バイブの先端が前立腺を、胴体が括約筋を執拗にこすりたて、今や皓太も放出寸前まで追いこまれているのだ。

（あ、あぁ、いい、気持ちいいよぉ）

微かに残る理性も吹き飛びはじめ、ふいに絶頂の世界に導かれそうになる。

「せ、先生、も、もう……」

全身が浮遊感に包まれた瞬間、少女の白い手が伸び、少年は我に返った。

「……あっ⁉」

指先が右の乳首をつねりあげ、肩をビクリと震わせる。力は込められていたが、痛みはそれほどなく、すかさず快感と化して全身に伝播した。

会話も交わしたことのない絶世の美少女が、かぐわしい息がまとわりつくほどの距離に佇み、さらには身体に触れているのだ。

感動にも似た思いが脳裏を占め、バラ色の幸福感に頬が緩んだ。

「く、くふうっ」

「やだ、おチ×チン、相変わらず勃ちっぱなしじゃない。これで、本当に反省してるのかしら？」

美咲は腰を蠕動《ぜんどう》させ、腸内粘膜に刺激を与えつづける。そこに憧れの少女の熱い視線が絡みついてくるのだから、性感が緩むはずもない。

「はあはあはあ、はぁあっ」

目尻に涙を滲ませる頃、女教師はまたもや少女をあおる言葉を投げかけた。

「坂口さん、いちばん悪いおチ×チンにもお仕置きしてあげたら？」

衝撃的かつ大いなる期待を抱かせる誘いかけに、腰をひくつかせる。

果たして、亜矢香はどうするつもりなのか。

心臓をバクバクさせた皓太は、瞬きもせずに美少女の様子を凝視した。

6

（はあはあ……おチ×チンにお仕置き？　やぁっ）

乳首をつねるぐらいならまだしも、そんな破廉恥なマネはとてもできない。

それでも亜矢香は、内から溢れこぼれる好奇心を抑えられなかった。

硬直の逸物は、どんな感触を与えるのか。触れたら、少年はいかなる反応を見せるのか。

牝の本能が覚醒され、喉をコクンと鳴らしては乾いた唇をなぞりあげる。

もはやまともな思考は働かず、悶々とした気持ちを少しでも解消したい心境に駆り立てられた。

女の秘部に掻痒感《そうよう》が走り抜け、意識せずとも内腿をすり合わせてしまう。

クリットがひしゃげると同時に愛液がぷちゅんと跳ね、桃色の快感電流が背筋を這いのぼる。

(やだ……すごい濡れてる)

内から溢れだす性衝動を抑えられず、少女はついに反り返る男根に手を伸ばした。

「は、うっ！」

指先が胴体に触れただけで、皓太は呻き声をあげて身をひくつかせる。指を絡ませれば、肉筒はさらにしなり、太い血管がドクンと脈打った。

「あ、あぁ……」

初めての体感に心を奪われ、ペニスが与える圧倒的な威容に息を呑む。

これほど硬くて熱いものだとは思っていなかった。おどろおどろしい形状にもかかわらず、巨大な牡器官から目が離せなかった。

「あ、あ、あ……」

少年は口をあんぐりと開け、信じられないといった表情で下肢を震わせる。ふたつの陰嚢も吊りあがり、鈴口から透明な粘液が源泉のごとく溢れだした。

体液が肉胴を伝い、指を穢しても、なぜか不快感は覚えない。

「あらあら、握られちゃったわよ。このあと、どんなお仕置きが待ってるのかしら」

美咲の言葉はもう耳に入らず、全神経が猛々しい肉槍に注がれる。

「はあはあ、はぁぁっ」

意識が朦朧《もうろう》とし、本能だけが一人歩きを始めた。

無意識のうちに空いている手で乳房を揉み、腰をもどかしげにくねらせた。

何気なくペニスを軽くしごけば、皓太は涙目になり、歯列を剝きだしにする。

「あ、くっ、くっ」

気持ちいいのか、苦しいのか。心の内までは推し量れずとも、少年が見せる苦悶の表情が性感をさらに高めた。

「あ、も、もう……」

「だめよ、まだイッちゃ！　我慢しなさい!!」

美咲が厳しい口調で咎《とが》め、皓太が必死の形相で放出を堪《こら》える。このまま指をスライドさせつづければ、尿道口から精液がしぶくはずなのだ。

先ほどの迫力ある射精を思いだした亜矢香は、一心不乱に肉胴の表面に指腹を往復させた。

「あぁ、だ、だめだよ！　坂口さん、そんなにしごいたら……あ、ぐ、くうっ」

ペニスがいななないた瞬間、美咲の右手が伸び、抽送を強引にストップさせる。

「すぐにイカせたら、お仕置きにならないわ。イキたくてもイケない地獄を味わわせてあげないと。これを、寸止めって言うのよ。その寸止めをずっと繰り返しているとね、最後は泣いてお願いしてくるの。イカせてくださいって！　男の身体なんて、単純な造りになってるんだから」

彼女は保健教諭かつ大人の女性だけに、男の生理や身体の仕組みは熟知しているらしい。

そういうものなのだと納得するや、少女は指示どおりに寸止め行為を繰りだした。

「イク前はおチ×チンがビクッとするし、タマタマも持ちあがるわ」

なるほどと独り合点《がてん》しつつ、指のスライドを速めては緩め、上目遣いに皓太の様子をうかがう。

「あ、ん、ぐっ、くふぅ、あ、ああ、あぁぁあっ！」

悦の声が次第に高みを帯び、少年の頬をひと雫の涙が滴った。

自分の拙《つたな》い指技で、異性が狂乱している姿が信じられない。

十回ほど寸止めを繰り返したところで、彼の声は完全に裏返り、まさに悶絶という表現がぴったりの媚態を見せつける。

「あ、ひ、ひぃぃ、さ、坂口さん、もう許して！　ごめんなさい、もう二度とあんなことはしないから！　おかしくなっちゃう、おかしくなっちゃうよぉ!!」

くしゃりと歪んだ顔面は汗まみれになり、上体を何度もよじってよがり泣く姿態が性感をビンビン刺激した。

憤怒の念は霧のように失せ、感情のすべてが高揚感に占められる。

女陰の疼きが極限に達し、子宮の奥がキュンキュンひりついた。

蒸れた牡の匂いが心を掻き乱し、微かに残っていた理性が忘我の淵に沈んだ。

果たして、何度目の寸止めを迎えたのか。皓太は涙をぽろぽろこぼし、我慢の限界を訴えた。

「さ、坂口さん！　お願い！　イカせて、もうイカせてくださいっ!!」

「あらあら、もうギブアップ？　坂口さん、どうする？」

「はあはあっ、せ、先生っ！」

「ん、なあに？」

「あ、あたし、もう我慢できません!!」

「……え？」

亜矢香は剛槍から手を離し、金切り声で心情を訴えた。

スカートの下に手を突っこみ、忙《せわ》しなくパンティを引き下ろせば、女陰とクロッチのあいだで粘り気の強い淫液が透明な糸を引く。

純白の裏地は葛湯をまぶしたようにグチョグチョの状態で、こもりにこもった熱気と牝臭が自身の鼻先にまで立ちのぼった。

「ちょ、ちょっと、坂口さん」

美咲は張形の抽送をストップし、驚きの声をあげるも、まったく耳に入らない。皓太も身体の動きを止め、こちらの振る舞いを呆然と見つめた。

足首から抜き取った下着を床に放り投げ、スカートの裾をたくしあげる。足を大きく広げて少年の太腿を跨ぎ、怒張に指を添えて先端を女の中心部に向ける。

「ま、待ちなさい、何をしようとしてるのか、わかってるの？　避妊具だって、着けてないのよ！」

「生理直前だから、大丈夫です！」

生理の相談をしたとき、妊娠を含めた性教育は美咲から懇切丁寧に教わった。

いや、たとえ危険日でも、自制心は働かなかったかもしれない。それほど、我を見失っていた。

「あなた、初めてでしょ!?」

女教師の咎めの言葉を無視し、肉の弾頭を凝脂の谷間に押し当てる。ぬるりとした感触に続き、強烈な圧迫感に唇を噛む。

亜矢香は眉根を寄せつつ、小ぶりなヒップをゆっくり沈めていった。

7

(あ、あ、う、嘘っ……!?)

眼下の光景に驚愕し、瞬きもせずに亜矢香の下腹部を凝視する。

淫靡な展開にテンションこそ上がっていたが、想いを寄せていた少女と交情することになろうとは夢にも思っていなかった。

彼女は女教師の言葉に耳を貸さず、腰をそろりそろりと落としていく。

美咲のいかがわしい仕打ちが性感を刺激したのか、股ぐらから覗く陰唇は厚みを増し、秘裂から滴る愛蜜がきらきらした輝きを放った。

「お、ふっ!」

亀頭冠がぬめりかえった膣口に押し当てられ、快感の雷撃が脳天を貫く。

まだ挿入していない時点で、無様な姿を晒すわけにはいかない。

幸いにもディルドウの抜き差しは中断されており、皓太は全身にありったけの力を込めて射精の先送りを試みた。

「あ、く、くっ」

痛みや違和感があるのか、亜矢香は苦悶の表情を見せる。

美咲の言葉が真実なら、少女にとっては初体験であり、自分が処女を奪うことになるのだ。

(し、信じられないよ……俺が、亜矢香ちゃんの初めての男になるなんて)

だが、この状況で処女膜の貫通は可能なのだろうか。

ネットのアダルトサイトで、かなりの痛みを伴《ともな》うという書きこみを目にしたことがあり、案の定、雁首はいつまで経ってもとば口をくぐり抜けない。

亀頭に受ける圧力は痛みを感じるほどで、もちろんリードできるはずもなく、皓太は途方に暮れるばかりだった。

「もう……しょうがないわね。坂口さん、もっと身体の力を抜いて」

「……え?」

「まずは、深呼吸してみて。気分をゆったりさせてから、自分がいいと思う方向に腰を動かすのよ」

「いいと思う方向に?」

亜矢香はオウム返しするや、息を大きく吐きだし、腰を微かにくねらせる。

宝冠部への抵抗がやや弱まったとたん、二枚の唇が雁首をすべり落ち、しっぽりした粘膜が先端を優しく包みこんだ。

「む、むむっ」

「ちょっと! まだ、イッちゃだめだからね」

美咲は念を押してから、打って変わって穏やかな口調で少女にレクチャーする。

「ゆっくり、少しずつ腰を落としていくのよ」

「は、はい……あ、あ、つっ!」

媚粘膜が一瞬にして狭まり、怒張をギューギューに引き絞った。

女教師のしっぽりした一体感とは比較にならず、皓太自身も口元を歪めて苦痛に耐え忍ぶ。

(おマ×コの中って……女の人によって、こんなに違うものなんだ)

快感が急激に薄れたものの、憧れの美少女と結ばれた事実に変わりはない。気を取りなおして再び股間を見やると、肉棒は半分ほど膣の中に埋めこまれていた。

（く、くう、もう……処女膜は……破れたのかな？）

亜矢香が眉根を寄せ、上下の唇を口の中ではむ。やがてペニスはズブズブと膣の奥を突き進み、恥骨同士がピタリと合わさった。

「あ、ふうっ」

二人の口から同時に湿った吐息がこぼれ、ひとつになれた喜びに酔いしれる。心なしか締めつけも弱まり、媚粘膜の震えが男根を通してはっきり伝わった。

「大丈夫？　痛くない？」

「はあっ……大丈夫です。最初は痛かったけど、今は……そんなに痛くないです」

「まあ、驚きだわ……ちょっと腰を上げてみて」

「は、はい」

亜矢香がこわごわ腰を浮かしたところで結合部を見下ろすと、肉胴に破瓜の血はどこにも見られなかった。

ぬらぬらと照り輝くペニスがみだりがましく、性感が息を吹き返すも、今は驚きを禁じえない。

美少女は、本当にバージンなのか。

疑問符が頭の中を駆け巡るなか、皓太は美咲が次に放った言葉に目を剝いた。

「ひょっとして……自慰行為のしすぎで、処女膜が破れたのかしら？」

「えぇっ!!　亜矢香ちゃんが、オ、オ、オナニーを!?」

「あンっ、先生っ!!」

美少女がキッと睨みつけ、女教師がすかさず謝罪する。

「あ、ごめんなさい……生徒の相談事には、守秘義務があったんだわ。里村くん、今言ったことは誰にも言っちゃだめよ。忘れてね」

「そ、そんな！　忘れられません！　あ、たぁぁぁっ!!」

亜矢香に手のひらで胸を思いきり叩かれ、少年は悲鳴をあげて身をよじった。

彼女は目尻を吊りあげていたが、怒った顔も愛くるしく、うれしい痛みに気分が高揚する。

「まあまあ、先生が悪いんだから、そんなに怒らないで……それより、本当に痛くないの？」

「え、ええ」

緊張がすっかりほぐれたのか、最初に感じた締めつけや抵抗はそれほどない。

まったりした感触に頰を緩めたとたん、美咲が腰をクンと突きあげた。

「あ、ふぅっ」

皓太と亜矢香の身体が同時に浮きあがり、これまた二人の口から吐息が洩れる。

「大丈夫かしら？」

「な、なんとか……平気です……あンっ」

女教師が微かな律動を再開すれば、美少女は眉をくしゃりとたわめて身を揺すりあげた。

ペニスが甘美な疼きに包まれ、射精願望がゆったりした上昇カーブを描く。

スライドが繰り返されるたびに亜矢香の目元が紅潮し、唇のあわいから艶っぽい声が幾度となく放たれた。

「あっ、やっ、あっ、はぁぁン」

美咲は皓太の肩越しに、彼女の様子を見守っているらしい。次第にピストンの振り幅が大きくなり、前立腺と括約筋にも快美が走った。

やがて少女が想定外の言葉を口走り、思わずドキリとする。

「あ、あ、き……気持ちいい」

セミロングの黒髪を振り乱し、申し訳程度に膨らんだバストがふるふる揺れた。

美咲の抽送に合わせ、自ら腰をくねらせているように見えるのは、都合のいい思いこみだろうか。

「お、おおっ」

あだっぽい表情、積極的な振る舞いに牡の本能が刺激され、男根がさらなる硬直を示す。

腰をブルッと震わせた直後、女教師は何を思ったのか、耳たぶを強く嚙んだ。

「ひっ！」

「いい？　坂口さんの中でイッたら、だめだからね」

「そ、そんなぁ」

「当たり前でしょ。生理前とはいえ、中出しなんて許せるはずないわ」

「で、でも……」

「私がいいと言うまで、我慢するの！　出そうになったら、大声で伝えるのよ。わかった？」

「は、はいっ！」

一度放出しているとはいえ、刺激的な体験の連続が性感を燃えあがらせる。

白濁の溶岩流は沸点に近づき、いつ噴きこぼれても不思議ではない状況にまで追いこまれているのだ。

「あぁン、あぁン、はぁぁンっ」

少女は発情した猫のような声を放ち、恥骨を上下に振りはじめた。

ガツンガツンと肉の打音が響き、ペニスと肛門のひりつきがピークに達する。

驚いたことに、亜矢香は皓太の唇に吸いつき、舌を搦《から》め捕っては激しく吸った。

肉悦から少しでも気を逸らそうとしているのか、無意識の行動だとしても、キスの恩恵まで受けたのだ。

(あ、あぁ……も、もう死んでもいいかも!)

脳裏に白い膜が張るや、ディルドウの突きあげが苛烈《かれつ》さを極め、少女の腰振りも次第にピッチを上げていく。

「ぐ、くふうっ」

「あぁ、いいっ、気持ちいいっ!」

結合部から溢れだす愛蜜が、にっちゅにっちゅと淫らな音を奏でた。

美咲が背後からまたもや手を伸ばし、少女の肉芽をねちっこくいらった。

「あぁン、先生! そんなことしたら、イッちゃいます!!」

「いいのよ、我慢せずにイッちゃっても」

「ぼ、ぼくも、げ、限界ですっ!」

「あなたは、まだ我慢するの！」

厳しい口調で咎められるも、腸内粘膜を穿《うが》つディルドウが邪魔をし、肛門括約筋を引き締められない。

今の自分は、荒波に揉まれる小舟のごとし。焦燥感に心を掻きむしられ、パニック状態に陥った。

(あぁ、あぁ！　も、もうだめだ!!)

射精願望が限界ラインを越えた瞬間、すっかりこなれた媚肉が収縮を開始する。

「あぁあぁぁっ、やぁあぁぁっ！　イッちゃう、イッちゃううぅぅっ!!」

細い腰が大きくわななき、愛蜜にまみれた膣襞が硬直の肉棒を上下左右からこれでもかと引き絞った。

「く、おおっ！　イクっ、イキます……あっ!!」

放出を訴えた瞬間、美咲がペニスの根元を握りしめ、膣から強引に抜き取る。

ぶるんと弾けでた牡の肉は、ビクビクと引き攣りながら大量の樹液をしぶかせた。

「ぬ、おおぉぉぉっ！」

「あ……ン、ふうっ」

二度目とは思えぬ濃厚なエキスが、亜矢香の顔まで跳ね飛ぶ。怒張がしごかれるたびに腰の奥が疼き、惚けた表情から飽くことなき放出を繰り返す。

亜矢香は目を閉じ、うっとりした表情で快楽の余韻に浸っていた。

白いブラウスは、おびただしい量のザーメンでどろどろの状態だ。

「いやだわ、まだこんなに出るの？　ほら、全部出しなさい」

「あ、あ、あぁ……」

脳内で白い光が八方に飛び散り、すべての神経が灼ききれた。

合計七回の放出を迎え、虚ろな目で天を仰げば、甘美な陶酔のうねりが何度も押し寄せる。

少女は太腿の上からすべり落ち、女座りの体勢から床にぺたんと腰を落とした。

虚ろな目が、ひくつきを繰り返すペニスに向けられる。白い喉を緩やかに波打たせ、可憐な唇が肉筒にゆっくり近づく。

(え、え……あ、うっ！)

亜矢香はザーメンまみれの逸物を舌先でペロリと舐めたあと、真上からぐっぽり呑みこんでいった。

「……まあ」

美咲の驚きの声を聞きながら、少女の口唇奉仕を食い入るように見つめる。

無意識のうちに、先ほど見せた女教師のフェラチオを踏襲しているのだろう。

（それほど……憧れてるんだ。先生みたいになりたいと思ってるんだ）

テクニックとしては稚拙《ちせつ》だが、舌がペニスを這うたびに快感と感動の高波が打ち寄せる。

「ふふっ、よかったわね。好きな女の子に、おチ×チンしゃぶってもらって。一生、忘れられない体験じゃない？」

美咲の言うとおり、想像を遥かに超える最高のイベントが待っていたのだ。

少年は口を半開きにしたまま、身も心も蕩けそうな愉悦にいつまでも浸った。

8

「あ、ふうっ」

亜矢香は口からペニスをちゅぽんと抜き取り、そのまま仰向けに倒れこんだ。

「いい？　抜くわよ」

「む、むうっ」

アヌスからディルドウが抜かれても、ペニスはいっこうに萎える気配を見せない。

完全に盛りがついてしまったのか、それとも中枢神経が破壊されてしまったのか、下腹部にはいまだに性欲の嵐が吹き荒れていた。

「あなたは、ベッドで休んでなさい……いやだわ、坂口さんのブラウス、ベトベトじゃないの」

美咲が立ちあがり、自然と腰が浮きあがるも、足に力がまったく入らない。皓太はすぐさまベッドに寝転び、ボーッとした顔で二人の姿を見つめた。

亜矢香も恍惚の表情をしており、小さな胸を忙しなく起伏させている。

女教師に服を脱がされても、失神状態から回復しなかった。

(亜矢香ちゃん、初体験なのにイッちゃうなんて。なんか……夢を見てるみたいだ)

なし崩し的に憧れの美少女と肉体関係を結んでしまったが、とても現実のことだとは思えない。

ひょっとすると、美咲は彼女に催眠術でもかけたのではないか。

心理学に精通しているカウンセラーなら考えられなくもなく、皓太は羨望に近い眼差しを送った。

亜矢香はピクリとも動かぬまま服を脱がされ、ブラジャーまで外される。

(あぁ……亜矢香ちゃんのおっぱい)

下腹部がみたびモヤッとした直後、フレアスカートが抜き取られ、桜色に染まった初々しい裸体がさらけだされた。

「まあ……相変わらず、きれいな肌だわ」

美咲がツンと唇を尖らせ、肩越しに振り返る。

勃起状態のペニスをそっと隠せば、女教師は意味深な笑みをたたえてから少女を抱き起こした。

「大丈夫？ 立てる？」

「ン、ンぅ」

「里村くん、もう少し端に寄って」

「あ、は、はい」

身をずらしたところで、亜矢香が真横に寝かされ、生クリームを思わせる肌質に目を丸くする。

(き、きれいだ。間近で見ると……パウダースノーみたい)

美少女の裸体は何度も妄想してきたが、これほど魅力的で美しいとは思ってもいなかった。

美咲がペニスバンドを外す姿は視界に入らず、ツンと突きでた可憐な乳頭に目をぎらつかせる。この機を逃してなるものかと、皓太は乳首に吸いつきざまチューチューと吸いたてた。

「あ、ンっ」

亜矢香はか細い呻き声をあげたが、目は閉じたままだ。

こんもりした恥丘にまがまがしい視線を向け、すかさず身を起こして下腹部に移動する。もちもちの太腿を割り開けば、すっかり溶け崩れた恥芯が目を射抜き、蒸れに蒸れた媚臭と熱気が鼻腔粘膜を燻した。

(ぱっくり開いて……膣の中の桃色の粘膜がぬめぬめ動いてる。クリトリスも皮がズル剝けて、ピンピンじゃないか)

胸が重苦しくなり、性の暴走を止められない。獣じみた欲望は二度の放出でも尽きることなく、本能の命ずるまま女芯にかぶりついた。

ぬちゃという音に続いて、強烈な酸味が舌の先を痺れさせる。淫裂にまとう愛蜜が粘った糸を引き、口の周りが瞬く間にベトベトになる。

「あ、ン、ンぅうっ」

無我夢中で舌を跳ね躍らせ、ラブジュースを啜れば、亜矢香は悩ましい声をあげ、全身の細胞が性の悦びに打ち震えた。

（あぁ、おいしい、亜矢香ちゃんのおマ×コ、おいしいよ！）

今の皓太は、まさに法悦のど真ん中。あまりの昂奮から、ペニスは三度目の放出に向けて早くもいななく。

（あぁ、たまらない！　たまらないよっ!!）

陰唇と陰核を口中に引きこみ、ジュッパジュッパと吸いたてると、亜矢香は目をうっすら開け、困惑げな顔で皓太を見つめた。

「はっ、ン、ふぅっ」

決して拒絶の言葉を発することなく、それなりの快感を得ているのか、腰が微かにくねりだす。横目で様子をうかがえば、トイレにでも行ったのか、美咲の姿はどこにも見られなかった。

（チャ、チャンス！　このままイケるんじゃないか!?）

二度目の情交に気が昂《たかぶ》り、少年はすかさず身を起こして男根を握りこんだ。

肉槍の穂先を淫裂にあてがっても、彼女の態度は変わらない。ゆっくり腰を突きだすと、宝冠部が陰唇を押し広げ、愛らしい顔立ちが快楽に歪んだ。

「あ、や、やぁっ」

亜矢香は腰をよじったものの、すっかりこなれた媚肉はうねりながら男根を手繰《たぐ》り寄せる。

怒張はあっという間に根元まで埋めこまれ、皓太は至福の瞬間に狂喜乱舞した。

「ああっ、亜矢香ちゃん、好き、好きだよ」

ここぞとばかりに思いの丈を告げても、少女は何も答えない。それでも切なげな表情から腕をそっと摑み、肌を通して伝わる温もりが一体感をより高めた。

「ひぃうっ！」

腰が勝手に抽送を開始し、猛烈な勢いで剛直の出し入れを繰り返す。

結合部からぱちゅんぱちゅんと猥音が鳴り響き、とろとろの膣襞が胴体にべったり絡みつく。

亜矢香も、それなりの肉悦を享受しているのだろう。彼女自ら腰を使いだすと、脳幹が巨大な快美に覆い尽くされ、性感が極限まで研ぎ澄まされた。

「はふぅうっ、亜矢香ちゃん、最高、最高だよぉ！」

「ン、はぁあぁあっ」

左手で乳房を引き絞り、右指で張りつめたクリットを爪弾《つまび》く。さらには腰を抱《かか》えあげ、必死の形相《ぎょうそう》で腰をシェイクさせる。

「あン、だめ、だめっ」

性の頂《いただき》に導くべく、懸命な律動を繰り返すなか、美少女は顔をくしゃりと歪め、上体をアーチ状に反らした。

（こ、このままイカせられるんじゃないか!?）

男の逞しさを存分に見せつけることができたら、彼女も想いを寄せてくれ、交際まで発展するのではないか。

仲睦まじくデートする光景を思い浮かべた瞬間、ハスキーボイスが部屋の入り口から聞こえ、皓太は一瞬にして毒気を抜かれた。

「こら、誰が勝手なことしていいって言ったの？」

「……あ」

腰の動きを止めて振り返れば、どこかに電話していたのか、スマホを手にした美咲がキッとした顔で佇んでいる。

「まさか、射精してないでしょうね？」

「い、いえ……ま、まだです」

背筋がゾクリとした直後、女教師は大股でボストンバッグに歩み寄り、中からまたもやペニスバンドを取りだした。

（……あっ!?）

今度のベルトは目に映える深紅で、中心部から極太のディルドウが突きでている。自身の勃起したペニスよりも、ゆうにひとまわりは大きいのではないか。先ほどのバイブとは比較にならぬ大きさに、腋の下と手のひらがじっとり汗ばんだ。

慌ててペニスを膣から引き抜こうとするも、美咲はスマホをバッグの中に入れながら予想外の指示を出す。

「そのまま、挿れてていいわよ」

「あ、あの……」

悪い予感に怯えたのも束の間、女教師はペニスバンドを腰に装着し、ディルドウをビンビン揺らしベッドに這いのぼった。

「せ、先生、ま、まさか……」

「あら、わかってるじゃないの。さ、お尻を上げなさい」

「あ、ちょっ……」

臀部を強引に持ちあげられ、前のめりから尻を突きだす体勢に取って代わる。

「やンっ」

サクランボのような唇が目の前に差し迫るも、亜矢香はさすがに顔を背けて口唇の接触を拒否した。

「あらあら、お尻の穴がぽっかり開いちゃって。ちゃんと道筋がついてるわ」

「あ、ぐっ⁉」

猛烈な圧迫感が肛穴に襲いかかるも、美咲はかまわず腰を突き進める。

「せ、先生……む、無理です」

「大丈夫よ。あなただって、初体験を済ませたばかりの坂口さんの中に、無理やり挿れたんだから」

返す言葉もなく青ざめる最中、丸々とした宝冠部が括約筋を押し広げていく。

「ほら、力を抜きなさい」

「……ひっ！」

臀部を平手で叩かれたとたん、下肢から力が抜け落ち、凶悪なディルドウが緋色《ひいろ》の口をくぐり抜けた。

「ぬおっ！」

息が詰まるほどの迫力に目を剝き、大口を開けて呻く。

深紅の胴体が埋めこまれるごとに腹の奥がズシンズシンと響き、皓太は身を強ばらせて苦痛に耐え忍んだ。

「ほうら、全部入ったわよ」

「あ、あ、あ……」

「時間がないから、しょっぱなからガンガンいくわよ」

美咲は言葉どおり、腰をこれ以上ないというほどのスピードで打ち振る。

「は、おおぉぉぉっ！」

青白い稲妻が脳天を貫き、意識せずとも絶叫した。

ディルドウの先端が前立腺をこれでもかと小突き、太い胴まわりが括約筋と腸内粘膜をゴリッゴリッとこすりたてた。

ペニスも凄まじい勢いで膣内への出し入れを繰り返し、亜矢香の悲鳴が空気を切り裂く。

「あ、ひぃぃぃぃっ!!」

人間としての尊厳はおろか、人格まで破壊されそうな快楽が大きな渦となって身も心も呑みこんだ。

今は声すら出せず、断ち切られそうな意識をかろうじて繋《つな》いでいる状態だ。

「ふふっ、腸液が溢れだしたわ。痛くないでしょ？」

「む、むっ……ぐうっ」

「せ、先生、すごい、すごいですぅぅっ！　あたし、またおかしくなっちゃう、おかしくなっちゃいます！」

「いいのよ、坂口さんは何度イッても。あとで、二人だけでたっぷり愛し合いましょうね」

「あぁン、先生、好き、大好きです!!」

今度は亜矢香が愛の告白をし、同時に律動の回転率がさらに増した。

（ああ、な、なんだよ、これ……気持ちいい、気持ちよすぎるよぉ）

目の前がチカチカしだし、頭の中にともった光が何度も膨らんでは左右に弾ける。

ちっぽけな自制心など根こそぎなぎ倒す大快楽に理性を奪われ、随喜の涙と涎がだらだら溢れだす。

「あぁン！　イッちゃう、イッちゃう」

「いいわよ！　何度でもイキなさいっ！」

「ぐ、ぐわぁ」

「イクっ、イクっ、イクイクっ、イックぅぅぅンっ!!」

亜矢香がひと足先に絶頂を迎え、恥骨をぶるぶる震わせて失神状態に陥《おちい》った。

（む、おぉぉっ）

とろとろの媚粘膜でペニスを引き転がされ、最果ての官能地獄でのたうちまわる。

来訪を告げるチャイムが鳴り響いても耳に入らず、全身の細胞が快楽一色に染めあげられた。

「ふっ、特別ゲストの登場よ」

涙で霞んだ視界の向こう、部屋の出入り口に女性らしき一人の人物が現れる。

「こ……皓ちゃん？」

姉の響子の姿をとらえても、現実のことだとは思えない。

(姉さん？　俺……幻覚を……見てるのかな？)

美咲はなおも激しい抽送を繰りだしつつ、冷ややかな口調で呟いた。

「約束どおり、来たわね。本当に来るかと思って、何度も電話しちゃったわ。どう？　弟の破廉恥な姿を目にした感想は？」

「美咲先輩、ひ、ひどいわ……皓ちゃんのことで重要な話があるって言うから、来たのに……」

「あなたが悪いのよ。私を捨てて、男なんかに走るから」

「そのことに関しては、何度も話し合ったじゃないですか」

「私は、納得してないわ。まさか赴任先にあなたの弟がいるなんて、私たち、やっぱり別れられない運命なのよ」

「そ、そんな……」

「この真っ赤なディルドウ、覚えてる？　あなたに使ったものを、今度は弟がお尻に咥えこんでるのよ」

この客間に通されたとき、盟華学院大学の卒業アルバムを目にした記憶が頭を掠《かす》める。二人は大学の先輩後輩の間柄で、倒錯的な関係を結んでいたのだろう。

（まさか、先生と姉さんがつき合ってたなんて……）

最初に自慰行為を見せつけたのも、その後の数々の淫らな行為も、姉とよりを戻すための手段として弟を利用したに違いない。

しかも、なんの関係もない亜矢香まで巻きこんで……。

皓太の思考はそこでプツリと途切れ、有無を言わさず悦楽の海原に放りだされた。

「こ、皓ちゃんから……は、離れてください」

「だめよ……響子、あなたも来て。前みたいに、何度でも快楽の世界に連れていってあげる。姉弟揃ってね」

「皓ちゃん、しっかりして！」

「あ、ああ、お姉ちゃん……気持ちいい、気持ちいいよぉ」

巨大なディルドウが前立腺を抉りまわし、括約筋がこれ以上ないというほどひりつく。熱い塊《かたまり》が迫《せ》りあがり、猛々しい情欲を抑えられない。

「あぁ、イクっ、イクっ、お、お、おおぉぉっ！」

姉の見ている目の前で、皓太は亜矢香の中に残るありったけのザーメンをぶちまけた。

◎本作品の内容はフィクションであり、登場する個人名や団体名は実在のものとは一切関係ありません。

◉新人作品**大募集**◉

マドンナメイト編集部では、意欲あふれる新人作品を常時募集しております。採用された作品は、本人通知のうえ当文庫より出版されることになります。

【応募要項】 未発表作品に限る。四〇〇字詰原稿用紙換算で三〇〇枚以上四〇〇枚以内。必ず梗概をお書き添えのうえ、名前・住所・電話番号を明記してお送り下さい。なお、採否にかかわらず原稿は返却いたしません。また、電話でのお問い合せはご遠慮下さい。

【送付先】 〒一〇一-八四〇五 東京都千代田区神田三崎町二-一八-一一 マドンナ社編集部 新人作品募集係

保健《ほけん》の先生《せんせい》がこんなにエッチ《えっち》でいいの？

二〇二一年十二月十日 初版発行

著者◉星名ヒカリ【ほしな・ひかり】

発行◉マドンナ社

発売◉二見書房
東京都千代田区神田三崎町二-一八-一一
電話 〇三-三五一五-二三一一（代表）
郵便振替 〇〇一七〇-四-二六三九

印刷◉株式会社堀内印刷所 製本◉株式会社村上製本所 落丁・乱丁本はお取替えいたします。定価は、カバーに表示してあります。

ISBN978-4-576-21182-4 ◉Printed in Japan ◉